I0728554

ÄKTENSKAP OCH INGA VISOR

KURTISENS KOMPLIKATIONER

EBONY OATEN

ÄKTENSKAP OCH INGA VISOR

Demeter Mellingham har förvisats till ett avlägset walesiskt gods efter en katastrofal, misslyckad rymning och får nu betala priset för sin dårskap. Hon vårdar sitt brustna hjärta, övertygad om att hennes galante kapten Tenby ska återvända för att rädda henne från det obevekliga regnet och den förkrossande isoleringen. Men när veckor blir till månader utan att hon hör av honom börjar tvivlet smyga sig på, lika förrädiskt som den walesiska fukten.

Distraktionen kommer inte i ett brev, utan i form av Lloyd Alwyn, godsets stilige och frustrerande kompetente förvaltare. Han är allt hennes kapten inte är: jordnära, praktisk och onekligen närvarande. När en ännu märkligare distraktion dyker upp – två exotiska springbockar, en gåva från prinsregenten – får Demeter en chans att bevisa sin nyvunna mognad. Innan hon ens hinner lära sig deras namn hoppar hanen över en nästan två meter hög häck och försvinner ut på landsbygden. Nu är Demeter inte bara vanärad, hon är på vippen att förödmjuka sin familj inför kungligheten.

Hennes enda hopp är ett samarbete med Lloyd Alwyn, vars närvaro är lika oroande som den är spännande. Tillsammans måste de spåra en varelse skapad för att fly innan prinsen anländer för att inspektera sitt kungliga menageri.

Demeter upptäcker att verkligt ansvar är mer än att bara följa order. Det handlar om att bryta ny mark – och kanske att finna en ny sorts kärlek under de mest oväntade omständigheter.

PROLOGUE

Februari 1816
16 februari
Bangor Hall

Käraste mamma,

Detta är en förfärlig situation. Jag har inte gjort något fel. Jag var på väg för att gifta mig med den tappre kapten Tenby. Kaptenen sa att det bara var några timmar kvar innan vi var framme då vår axel gick sönder. Det är inte mitt fel. Du kan inte klandra mig för något som var fullständigt utom min kontroll. Vädret har tydligen varit fasansfullt över hela landet. För övrigt längtar jag efter sommaren, så att vi kan få ett slut på detta gräsliga mörker.

Jag upprepar min ståndpunkt, inget av detta är mitt fel. Att bli förälskad är fullständigt naturligt. Det sa du själv. Varför har pappa skickat mig så långt bort? Varför inte bara hämta hem mig så att jag kan förklara allt? Nu befinner jag mig mitt ute i ingenstans. Detta är högst orättvist.

Så fort kapten Tenby och jag är tillsammans igen kommer vi att gifta oss, det ska du få se. Då kommer allt att bli bra.

Din tillgivna Demeter

2 mars

> Penrose House,
>
> Bath
>
> Kära Demeter,
>
> Jag har först idag mottagit ditt brev och hoppas att detta inte tar lika lång tid att nå dig som din skrivelse tog att nå mig. Faktum är att du förblir ogift. Att rymma för att gifta sig är en skandal i sig, men att misslyckas med att rymma har dragit outsäglig skam över oss alla. Faktum är, oavsett dina avsikter, att din vagn aldrig nådde Gretna Green. Din "underbare kapten" har inte återvänt.
>
> Vi har också hört rykten om att han kanske inte är allt han utger sig för att vara.
>
> Kan du verkligen inte förstå hur mycket dina handlingar har sänkt hela familjens anseende? Särskilt dina systrars, vars säsonger i London är i farozonen! Även jag straffas genom att jag måste stanna i Bath och ge sken av att dricka brunn för mina nerver. Jag står i ännu större skuld till min bror, då hans hustru har gått med på att vara förkläde åt Persephone och Hestia under deras säsong. Vi kan bara hoppas att folk inte gör kopplingen mellan min bror och hans egensinniga systerdotter. Du måste stanna där du är, tills saker och ting kan lugna ner sig. Be att dina systrar gör förträffliga partier så kan allt med tiden bli bra igen.
>
> Din kärleksfulla mor.

20 mars

> *Bangor Hall*
>
> *Käraste mamma,*
>
> *Postgången är otroligt långsam. Jag är utom mig, för kapten Tenby har inte tagit kontakt och jag fruktar för hans hälsa. Jag hoppas att jag i samma stund som jag skickar detta till dig ska få ett meddelande från honom och att all min panik ska ha varit i onödan. Om han inte gör det måste det betyda att han befinner sig i en fruktansvärd situation. Varför skulle han annars inte kunna skicka något slags meddelande efter så lång tid?*
>
> *Det borde vara en ljuvlig vårdag här, men det är regnigt och eländigt. Om jag inte kan återvända till London, låt mig åtminstone skynda mig till Bath, där jag kan vara med dig igen och få lite ordentligt sällskap. Det finns absolut ingenting att göra här. Markisen och hans hustru gör sitt bästa för att vara tillmötesgående, men deras nygifta lycka gör dem till olämpligt sällskap. Jag tror att Amelia är inblandad i att läsa affärsbrev!*
>
> *Ja, affärsbrev!*
>
> *Tror du att jag är en skam? Frun i huset sysslar med affärer. Till och med änkemarkisinnan är inblandad! Detta är uppenbarligen ingen lämplig plats för mig att vistas på. Om du är orolig för vår familjs anseende borde du skicka efter mig omedelbart, så att jag inte blir fläckad av umgänget.*
>
> *Jag ska skynda mig till Bath vid ditt första ord.*
>
> *I mitt hjärta vet jag att kapten Tenby är fullkomligt ärbar. Så snart han vet var jag är kommer han att hämta mig och vi kommer att gifta oss. Då kommer allt att bli bra.*
>
> *Din tillgivna Demeter.*

10 april

> *Bangor Hall*
>
> *Käraste mamma,*
>
> *Jag ber att ditt senaste brev är på väg till mig, men jag kunde inte vänta en dag till. Jag håller på att tyna bort av sysslolöshet. Jag håller på att damma igen fullständigt, och jag bär samma kläder dag efter dag! Delvis för att det inte finns några tillställningar att gå på, men mest för att jag bara har en varm klänning som kan hålla mig bekväm i denna ruskiga kyla.*
>
> *Ska regnet aldrig sluta? Det finns så lite att göra här att jag till och med har börjat promenera längs Menai. Det är en vacker flod. Tidvattnet är dramatiskt och distraherande – i viss mån. Sådär, då har jag hittat en bra sak att rapportera. Det uppväger dock inte alla de många tråkiga sakerna här. Jag skäms inte för att erkänna att jag är så ensam här att jag har börjat prata med lordens förvaltare, och vi diskuterar växelbruk!*
>
> *Låt mig komma hem, eller låt mig åtminstone komma till Bath!*
>
> *Din tillgivna Demeter.*
>
> *PS, Markisinnan och jag har blivit vänner. Hon är en ganska ljuvlig och gladlynt person, trots att hon sysslar med handel. Jag hade rätt, hon är fortfarande djupt engagerad i affärer. Ännu värre är att jag har funnit affärerna vara en ganska angenäm distraktion. Är du fullständigt förfärad över mitt totala fall från nåden? Skicka då bud så ska jag vara vid din sida.*

20 april

> *Bangor Hall*
>
> *Käraste mamma,*
>
> *Jag kan bara anta att ditt senaste brev till mig har kommit på villo-*

vägar. Vädret här är gräsligt. Det är inte bara min åsikt. Familjerna här säger att det är ovanligt kallt och blött. Jag är säker på att det är mycket trevligare i Bath. Berätta allt om Persephones och Hestias säsonger. Jag kan inte få tag på någon information om Londons societetsliv hela vägen härifrån. Jag har börjat läsa nyhetsbladen, men de är fyllda med rapporter om skördar och försäljningspriser, och naturligtvis det förfärliga vädret. Jag har åtminstone saker att diskutera med förvaltaren.

Snälla, låt mig komma till Bath. Snälla?

D-

25 april

Bangor Hall

Käraste mamma,

Jag vet att du inte har haft en chans att svara, men jag saknar dig så mycket. Jag saknar till och med Persephone och Hestia. Det regnar varje dag här. Jag har bifogat ett urklipp från nyhetsbladet som beskriver hur dåligt vädret är. Det är allt folk pratar om, så det är inte bara jag som klagar på fukten.

D-

10 maj

Bath

Min plikttrogna dotter,

Jag har förbjudit din mor att skriva fler skrivelser till dig. Jag har också undanhållit dina två senaste brev från henne. Din tidigare korrespondens har orsakat henne fruktansvärd ångest. Vädret i Bath är precis lika förfärligt som det är i norra Wales. Trodde du att det bara regnade i Bangor? För att specifikt straffa dig?

Jag ber dig att inse allvaret i din situation, och den press du har satt hela familjen under på grund av din misslyckade rymning, och hur det reflekterar på din mamma och mig själv som föräldrar till ett så egensinnigt och olydigt barn.

Det har nu gått flera månader och din kapten syns inte till. Vad kommer först, julen eller din kapten?

Du är åtminstone inte i London för att förstöra dina systrars säsonger. De har burit skandalen och det elaka skvallret magnifikt under rådande press. Trots deras hemgifter och din mosters och morbrors bästa ansträngningar har de ännu inte funnit något lämpligt parti. Jag står nu i skuld till dem.

På tal om hemgifter smärtar det mig att meddela att kapten Tenby inte har tagit kontakt för att be om din; ytterligare en anledning att tro att han inte har för avsikt att gifta sig med dig.

Du ska stanna precis där du är tills du kan bevisa att du har utvecklat en känsla av ansvar för dina skadliga handlingar.

I detta syfte kommer dina nya skyddslingar att anlända snart. De är en gåva från prinsregenten. Eftersom du påstår dig vara i trängande behov av distraktion kommer detta att passa dig utmärkt. Ta hand om dem och håll dem i säkerhet och borta från trubbel. De måste vara i utmärkt skick inför prinsens besök. Stör inte din mor ytterligare, hon är på gränsen till sammanbrott.

Hälsningar o.s.v.,

KAPITEL I

29 maj 1816
Bangor Hall
Norra Wales

Hennes fars brev fyllde Demeter Mellinghams hjärta med oro när hon gick nerför trappan till frukosten. Hon stannade till vid de höga fönstren i Bangor Hall för att läsa det igen i det bleka morgonljuset. Där stod det, skrivet med hennes fars egen handstil – prinsregenten skulle komma på besök!

Hur skulle de hinna göra Bangor Hall i ordning i tid för en så ärad gäst? Och ännu viktigare, skulle det sluta regna tills dess?

Och allra viktigast, när hade prinsen tänkt anlända?

Hon skakade bekymrat på huvudet och hennes uppmärksamhet vandrade till det närliggande strömmande vattnet i Menaitsundet. I morse var vattennivån hög. Vattnet slog mot häcken längst ner i trädgården. Den gröna gräsmattan hade fått bruna fläckar då gräset dränktes i det våta, salta vattnet.

Förmannen var där ute och kontrollerade vattennivån, eller vad det nu var han gjorde för familjen Rosstrevor. Att döma av flinet i hans ansikte verkade chansen att bli ännu mer genomblöt än vanligt roa honom.

I det ögonblicket vände han sig om och såg Demeter stå på sin torra sida av glaset. Hon ryckte till av att ha blivit upptäckt och var tvungen att låtsas att hon tittade på sundet, inte på honom. Mannen lyfte på mössan till hälsning och gav henne ett leende som skar igenom dysterheten.

Den skälmen.

Det var inte Demeters fel att förmannen påminde henne om kapten Tenby. Han hade lockigt mörkt hår som ofta var vått av regnet, och en kraftig panna med aningen vilda ögonbryn. På detta avstånd undrade hon om hans ögon hade samma ljusbruna färg som hennes tappre kaptens.

Doften av rostat bröd svepte uppför trappan. Dags att gå till frukostrummet. De klargula gardinerna här inne utkämpade en förlorad kamp mot den grå himlen på andra sidan fönsterrutorna. Demeter neg snabbt för alla och fortsatte sedan med att fylla sin tallrik med rostat bröd och smör, varefter hon letade efter marmeladskålen på bordet.

Utmärkt, det fanns gott om den kvar.

Hennes tankar fastnade på några av orden i faderns brev. Två nya skyddslingar? Det oroade henne ännu mer än prinsens besök. De skulle anlända snart, enligt hans brev, och de behövde vara i ... vad hade hennes far skrivit? "utmärkt skick" inför besöket. Vilket besynnerligt sätt att tala om människor.

Stackars lamm, som skickats iväg från palatset! Vad för uppenbart fruktansvärt hade de gjort för att irritera prinsen?

Bristen på solljus gjorde så många människor melankoliska. Kanske fanns det inte mycket sol i London heller? Far hade sagt att vädret var lika dåligt i Bath, så det var möjligt att även huvudstaden kunde vara insvept i väta. Kanske var det därför prins George skickade iväg folk – han var på dåligt humör på grund av det usla vädret.

Vilka de än var, skulle de behöva vänja sig vid de tidiga morgnarna här. Demeter gjorde sitt bästa, men hon var alltid sist till frukosten. Nuförtiden anlände hon dock tidigt nog för att hälsa på familjen Rosstrevor innan de påbörjade sina plikter. Hon var glad över att ha stigit upp tidigt denna morgon, för hon behövde tala med dem.

När hon satte sig visste Demeter att hela hushållet skulle börja snurra snabbare än "The Swellies", som uppstod utan förvarning i Menaitsundets vatten, så fort hon delat med sig av nyheten.

Hon lade ner sin brevbunt och tog fram det senaste brevet för att försäkra sig om att hon läste det rätt.

"God morgon, ers nåd, ers nåd. Jag menar inte att skapa oreda i huset, men min far meddelar att prinsregenten kommer på besök."

Tiden stod stilla. Markisen stelnade till med en gaffel mat halvvägs till munnen. Hans mors mun föll upp, sedan slöt hon den med ett smack. Hans hustrus ögonbryn höjdes och stannade där.

Till slut lade David Rosstrevor ner sin gaffel och talade. "Prinsregenten? Kommer han hit?"

"Det är vad som står i min fars brev", bekräftade Demeter, vek pappret till den relevanta delen och räckte det till honom så att han kunde läsa själv.

Han räckte det omedelbart vidare till lady Rosstrevor, som sa något i stil med: "Gör det verkligen det?"

Änkemarkisinnan reste sig från sin stol och gick fram till sin svärdotters axel, med mungiporna neddragna medan hon också läste orden.

Amelia Rosstrevor läste brevet högt: "Nya skyddslingar anländer snart ... De måste vara i utmärkt skick inför prinsens besök." Åh, herregud, där står det. Sedan fortsätter han med att säga: "Stör inte er mor ytterligare, hon är –"

"– Den delen är inte viktig." avbröt Demeter och hoppades få tillbaka pappret för att slippa kommentarer om resten av dess innehåll. Då skulle familjen Rosstrevor verkligen förstå hur besvikna familjen Mellingham var över vad hon hade gjort. De visste det till viss del, förstås, eftersom hennes far hade skrivit och bett dem att ta emot henne för alla dessa månader sedan.

Amelia Rosstrevors bryn rynkades. Hon nickade medan hon räknade veckornas datum i huvudet. "Vi vet inte när, men jag hoppas verkligen att det inte inträffar under min nedkomst."

Änkemarkisinnan talade. "Det är en ära att få ett sådant besök, men det hade varit klokt att kontrollera med oss först." Hon vände sig till sin son och sa: "Är du säker på att prinsen inte skrev till dig?"

David Rosstrevor bleknade något och harklade sig. "Jag har inte sett någon sådan korrespondens. Är vi säkra på att prinsen avser att besöka oss här? Kanske menar er far att han kommer att befinna sig i närområdet. Så besynnerligt att han skulle veta det före oss."

"Jag ska skriva till min far för ytterligare detaljer", sa Demeter. "Jag håller med, det är svårt att få klarhet. Min första tanke var att prinsen kom hit, till Bangor Hall. Dessutom säger min far att prinsen skickar mig två skyddslingar att ta hand om. Varför omnämns folk som 'skyddslingar' istället för 'personer', och varför skulle han inte kontrollera med ers goda selves innan han skickar fler gäster hit? Har han skickat ett tidigare brev direkt till er och frågat om detta?"

Lady Rosstrevor vände sig till sin make och sa: "Vi har inte fått något direkt från er far sedan ni anlände. Vi hittade ett igår, som var till er. Det måste vara det ni visar oss nu. Vi skrev till honom vid tiden för er ankomst för att låta honom veta att ni var i säkerhet och välbehållen. Han svarade med en kort notis där han sa att han var nöjd med nyheterna. Sedan hörde vi ingenting." Damen strök frånvarande med handflatan över sin mage. "Detta är den första korrespondens vi har sett från honom sedan dess. Jag är lättad över att ni fann det lämpligt att visa det för oss, men samtidigt är jag förvirrad över dess innehåll."

Änkemarkisinnan skakade på huvudet och gick tillbaka till sin plats. "Det är högst förbryllande. Fram till nu skulle jag inte ha trott att prinsen brydde sig särskilt mycket om oss. Han försöker väl inte återta Caernarfonshire?" Hon fyllde på sin tekopp och frågade ingen särskild: "Kanske planerar han en procession av något slag? Katedralen är vacker. Jag ser fram emot att se mitt barnbarn döpas där. Jag ska skriva till domprost Warren och fråga om han har någon information."

David Rosstrevor skakade på huvudet och vände sig till Demeter. "Det är bra att ni uppmärksammade oss på detta. Var snäll och skriv till er far för mer information om när prinsen kommer att anlända och vilka hans behov kan tänkas vara. När ni ändå håller på, be honom om namnet på en sekreterare eller hovman som organiserar besöket. Det är märkligt att vi skulle få höra om denna synnerligen viktiga nyhet via er far, och inte från någon inom själva palatset."

Demeter läste brevet igen och kunde för sitt liv inte förstå vad hennes far menade. Varför skulle prinsen av Wales besöka en så avlägsen plats?

Om bara hennes mor hade varit brevets författare! Den allra första raden skulle ha fokuserat på prinsens besök. Resten av brevet skulle ha varit fullspäckat med detaljer, inte tillagt som en eftertanke i slutet av en grundlig utskällning om hennes misslyckande med att gifta sig.

KAPITEL 2

Demeter skrev färdigt sitt brev till pappa och gav papperet till lord Rosstrevor. Det fanns plats för honom att lägga till något mer, om han så skulle önska. Istället för att fatta gåspennan lämnade han det direkt till sin hustru och mumlade något om att inspektera deras förråd av sigillack.

Hon tittade ut genom fönstret och såg att regnet äntligen hade upphört. Det fanns ingen tid att förlora, hon skulle få lite frisk luft innan nästa störtregn höll henne fången inomhus igen.

Inte för att hon någonsin skulle erkänna det, men en promenad längs Menaissundets ständigt föränderliga vatten gjorde mycket för att återställa hennes jämvikt. Promenaderna gav henne tid att tänka, eller tid att inte tänka alls, vilket också var ett härligt sätt att tillbringa tiden.

Hon hade ju så mycket tid, trots allt.

När hon väl tänkte, var det på sin älskling, kapten Tenby, och när han kunde tänkas återvända. Han hade inte bett om hennes hemgift eftersom … eftersom han var så hedersam, förstås! De var ju inte gifta än.

Det smärtade hennes själ att inte höra direkt från mamma, särskilt som hon hoppades att hennes mor skulle ge med sig och bjuda in henne till Bath.

Men nej, hennes far höll dem isär.

Hon kunde förbanna hans namn med varje droppe som föll från himlen. Och det var så många droppar som föll utan uppehåll!

Den andra detaljen som verkligen smärtade, ända in i själen, var det påtagliga faktum att hennes älskade kapten inte hade återvänt. Inte heller hade han funnit något sätt att ta kontakt överhuvudtaget. Det hade gått månader!

De hade varit så förälskade. En sådan känslosam, yr och spännande tid i hennes liv.

Nu fylldes hennes huvud med tvivel och tankarna virvlade som Menaissundets vatten.

Hur hade hennes far vetat att kapten Tenby inte hade kontaktat henne? Åh, förstås! Far hade läst hennes brev till mamma. Som familjens överhuvud hade han den rätten. Om hon vore gift med kapten Tenby skulle pappa inte längre ha ansvar för henne, och inte heller skulle han läsa hennes korrespondens.

Om bara den där dumma axeln inte hade gått sönder!

Vilken fruktansvärd otur.

De var ju förälskade. Hennes föräldrar hade helt enkelt inte förstått – och verkade fortfarande inte förstå. Kaptenen älskade henne. Han var en hjälte från kontinenten. Inte för att hon visste exakt vad han hade gjort – det var inte något som kvinnor diskuterade, för de behövde inte känna till detaljerna om krig.

Allt var ett sådant fruktansvärt missförstånd, sade hennes hjärta. Det stred mot hennes sunda förnuft, som tjatade på henne och krävde hennes uppmärksamhet. Varför hade Tenby inte tagit kontakt?

Ångest och frustration tog över. Tenby borde ha skrivit vid det här laget.

Undanhöll paret Rosstrevor hans brev? Från hennes möte vid frukosten verkade det vara lady Rosstrevor som läste den ankommande korrespondensen och delade ut den till de avsedda mottagarna. Hennes make verkade inte alls bry sig om att läsa särskilt mycket.

Brevet från hennes far hade varit oläst när hon fått det. Sigillet hade brutits rent och vecken var skarpa. Inga tecken på att det öppnats med ånga.

Sättet familjen hade reagerat på nyheten om prinsens besök verkade också äkta. Om de hade läst hennes post först, skulle de ha organiserat huset innan hon hade vaknat.

Det verkade inte logiskt. Om paret Rosstrevor inte lade sig i hennes post, och hon inte hade hört från Tenby, kanske han trots allt inte hade skrivit till henne?

Hon trampade i en pöl. Attans!

Stigen ner till bryggan, där flera båtar låg tätt tillsammans, var hal och full av leriga pölar. Vid den här tiden på året borde det växa vildblommor på ängarna. Inte mycket blommade i vätan. Påskliljorna som Wales var känt för hade knappt visat sig i år. Inte ens de ständigt pålitliga oxbärsbuskarna hade mycket att erbjuda. Hemma – åh, det var så länge sedan – brukade trädgårdsmästarna på deras sommarresidens klaga bittert över just de plantorna. Oxbärsbuskar bildade vackra häckar med sina små gröna blad och klasar av röda bär. Dessvärre hade de vanan att växa kraftigt överallt där fåglarna spred bärfröna. I potatislanden, i andra häckar, till och med på uppfarten. Om de lämnades okontrollerade blev de snabbt ohanterliga.

Vid bryggan fick Demeter syn på förmannen igen. Han nickade en hälsning till henne, och hon besvarade den. Vilken lämplig ursäkt för att komma närmare honom och se om hans ögon hade samma färg som hennes älskades.

De var djupt nötbruna, till hennes stora förvåning. Så här nära honom bannade hon sig själv för att hon trott att han påminde om hennes kapten. Den här mannen var lite längre och något smalare. Hans vilda ögonbryn passade honom och gav honom ett befallande utseende.

Förmannen gav henne ännu ett leende, och Gud hjälpe henne, hon kunde inte låta bli att känna en värme strömma emot sig. Hur utsvulten på sällskap måste hon inte vara för att hysa sådana känslor?

Han ursäktade sig från samtalet han förde med båtsmännen och vände sig mot henne. "Fröken Mellingham, hoppas ni på att besöka ön idag?"

Borde hon? Vattnet i sundet rann i så ombytliga riktningar att en säker överfart aldrig var garanterad. Hur skulle hon kunna ta sig över i en så liten båt?

Hon fann sig själv fråga: "Hur länge tror ni att regnet kan hålla upp?" istället, eftersom hon inte ville verka rädd för lite vatten.

Båtsmännen småskrattade; de måste ha hört hennes fråga.

Som för att svara föll några droppar och vattenytan blev snart alldeles prickig. Ringar spred sig i allt vidare cirklar.

Förmannen ryckte på axlarna och tittade upp mot skyn. Mörka stråk fyllde himlen och tydde på nya regnband på väg mot dem. "Där rök alla chanser till en utflykt", sade han. "Det är bäst att jag följer er tillbaka till stora huset. Det sägs att det snart anländer ett par djur, särskilt för er räkning."

Demeter stannade till ett ögonblick. "Känner ni till dem?"

"Ja, de är ett fint par. Fick besked först i morse. Det var därför jag var nere vid floden för att skaffa lite extra hjälp ifall vi skulle behöva det", svarade han och antydde att hon skulle gå före honom. "Mycket skygga varelser, har jag hört."

Ett skratt brast fram när hon insåg sanningen. "Där trodde jag att mina nya skyddslingar var människor, men jag tror bestämt att ni talar om boskap."

"Självklart gör jag det. Jag tvivlar på att de kommer att tycka särskilt mycket om vårt regn där de kommer ifrån heller."

Förvirringen bara växte. Demeter skulle ha ansvar för djur, inte människor. Det ... lät mycket mer logiskt, nu när hon tänkte efter. Men vad för slags djur?

"Vad är de för något och var kommer de ifrån?" frågade Demeter.

Med ett småleende sade mannen: "Det vore ju att avslöja för mycket. Det händer så lite här omkring att en överraskning är väl värd att vänta på."

När de nådde uppfarten till Bangor Hall anlände en enorm, täckt vagn. Äntligen lite spänning! Hennes hjärta bultade av alla möjligheter. Kunde hennes nya skyddsling vara en ponny? Det skulle lysa upp hennes dystra liv! Förmannen tog farväl och sprang mot vagnen för att dirigera både människor och djur.

När hon kom närmare såg vagnen så mycket större ut än vid hennes första intryck. Kanske var denna nya skyddsling mer än en ponny. En riktig stridshäst – en häst som bara hon kunde rida, men som ingen annan kunde röra. Ja, precis vad hon behövde! En slank, kastanjebrun hingst som inte tolererade någon annan än henne, med hennes vänliga händer och milda beröring. Den skulle ha en glänsande päls i samma färg som förmannens ögon.

Hon skakade på huvudet och undrade var i hela friden den tanken hade kommit ifrån. Hon ökade takten och sprang dit folk höll på att samlas.

Det verkade ropas en hel del. Förmannen, vars namn hon fortfarande inte visste, dirigerade folk men förblev ändå lugn i havet av upprymdhet.

När hon närmade sig vagnen ryckte hon åt sig en grästuva och höll den i handflatan för hingsten att äta; deras första förtroendehandling.

Det kom som en enorm överraskning för Demeter att djuret som till slut tittade åt hennes håll inte alls var en glänsande hingst, utan en liten, behornad antilop.

Den hade en rådjursfärgad rygg, en mestadels vit kropp formad som en tunna och dramatiska mörkbruna ränder längs sidorna.

Den tog ett trevande steg mot henne på de tanigaste ben hon någonsin sett. Dess näsborrar nosade i luften nära hennes utsträckta hand.

Demeter hade aldrig sett något liknande. Det kunde vara ett hjortdjur, men dess horn var alldeles för långa och ... de spiralvridna spetsarna pekade bakåt, lite som på en get.

Hon gjorde en snabb mental anteckning att aldrig närma sig den bakifrån; annars riskerade hon att bli spetsad.

Djurets kropp var helt oproportionerlig i förhållande till allt hon sett tidigare. Dess bål var rundad, täckt av vad hon hoppades var mjuk päls. Skulle den låta henne klappa den? Men benen var så smala! Nedanför knäet kunde de omöjligen hålla hjortens – eller vad-det-nu-var – kropp upprätt.

"Vad kallas den?" frågade Demeter högt, till ingen särskild.

En av arbetarna ropade: "Hon heter Elizabeth."

Det fick folk att småskratta.

"Mycket roligt, men vad är hon?" ropade Demeter, sedan sade hon till djuret: "Hej Elizabeth. Trevligt att träffas. Ta lite gräs."

Förmannen sade: "Det är en springbock."

En springbock. Hon hade aldrig hört talas om ett sådant djur. Kunde detta vara ett djur från någonstans i Asien? Kanske var det en exotisk art från Australien. Hon hade läst om dem för ett tag sedan. Deras proportioner trotsade all fattningsförmåga!

Men denna varelse var i högsta grad verklig och stod framför henne.

Dess stora öron och lilla nos ryckte till vid de obekanta ljuden och dofterna i vinden. Den lilla varelsens hela kropp skälvde till ett ögonblick. Stackarn, den måste frysa.

Det var kanske inte den vilda hingst hon hade föreställt sig, men det var sannerligen ett vilt djur. Alla andra verkade rädda för den, men den skygga varelsen nosade i luften och tog ett trevande steg närmare Demeter. Som genom ren viljestyrka höll Demeter ut handen stadigt, fast besluten att inte darra. Hennes axel värkte av ansträngningen att hålla sig stilla. Hennes handflata kunde lika gärna ha hållit en tung mjölsäck som några grässtrån, sådan var ansträngningen.

Vinden virvlade och bytte riktning. Den lilla antilopens nos ryckte till vid de nya dofterna.

"Allt är bra, lilla vän", sade Demeter, som om det lilla djuret kunde förstå henne. Kanske om hon talade till det på … herregud, vilket språk skulle det vara vant vid att höra?

Djuret skuttade plötsligt tvärt åt höger och sprang iväg med otrolig hastighet.

Förbluffad stod Demeter där en sekund, skakade sedan på huvudet och satte efter den. Resten av männen sprang snabbt om henne, men inte ens de var snabba nog!

Förmannen i närheten tog väldiga kliv, men han hade inte en chans. Hade varelsen ett dolt par vingar?

Demeter slutade springa och flämtade efter andan. "Kom tillbaka!" ropade hon.

Djurets taniga ben var sannerligen starka. På bara några sekunder var den långt före dem som förföljde den.

Demeter ropade: "Hon kommer undan!"

Arbetarna saktade ner och gav upp jakten en efter en. Det var helt enkelt ingen mening att försöka längre; springbocken var redan för långt borta och alldeles för snabb.

Varelsen var vild och besynnerlig och hade så vackra bruna ögon med de mest otroliga ögonfransar. Och en elegant hals som hon inte hade hunnit uppskatta.

Förmannen skakade på huvudet när han återvände till Demeter. Han plockade upp sin hatt, som hade blåst av i jakten, och snärtade bort regndropparna innan han satte den på huvudet igen. "Jag antar att när man är van vid att jagas av leoparder och sådant, utvecklar man en bra spurt. Stackars liten måste vara skräckslagen i den här kalla, våta trakten."

"Jagar leoparder springbockar?" Demeter hade hört talas om leoparder. "Betyder det att hon är från Afrika?"

"Mycket riktigt. Från Kapkolonin."

"Herregud, hon är långt hemifrån. Stackarn måste sakna sin familj fruktansvärt", sade Demeter och tänkte på hur mycket hon saknade sin egen.

Istället för melankolisk nostalgi började Demeter sedan känna de första isande stygnen av rädsla. Detta skulle vara hennes djur att ta hand om för prinsregentens räkning. För att bevisa att hon var ansvarsfull och pålitlig och ... åh, allt det där som hennes far brydde sig om.

Det som prinsen skulle komma och inspektera.

Men det som verkligen sårade Demeter mest var hennes stolthet. Varelsen hade inte litat på henne framför alla andra, som hon hade hoppats. Den hade inte ätit ur hennes handflata; hade inte blivit hennes husdjur.

Förmannen suckade och sade: "Oroa er inte, fröken. Det finns en nästan två meter hög häck som håller honom inne, och de stora grindarna vid framsidan. Han kommer inte långt."

Ett par av arbetarna var fortfarande i farten, men vid det här laget var det mer en maklig promenad än en direkt jakt då utmattningen tog ut sin rätt. Häcken tornade upp sig framför dem. Springbocken måste snart inse att hon var instängd.

Demeter uppmanade förmannen: "Kalla bort era män, mister ... Jag vet ännu inte ert namn, ber om ursäkt."

"Det är Alwyn."

"Mister Allen, jag vill inte att de ska skrämma henne. Hon kommer att lugna ner sig när hon väl lär känna området. Jag vill inte att hon ska dö av skräck."

Förmannen nickade åt Demeter och ropade till sina män: "Låt honom vara, vi vill inte trötta ut honom." Sedan vände han sig mot Demeter, en lock av fuktigt hår föll ner över hans panna: "Lloyd Alwyn, till er tjänst."

"Åh, jag ber om ursäkt, jag hörde fel i allt stoj. Mister Alwyn."

Männen nära djuret måste antingen inte ha hört hans uppmaning att avbryta jakten, eller så ignorerade de honom. En av dem kastade sig mot varelsen.

Den pilar undan hans grepp och satte kurs mot häcken. Dumma djur måste vara blind av panik. Grenarna var alldeles för täta; den skulle inte komma igenom—

Den kom inte igenom.

Istället hoppade den upp i luften och seglade över den höga häcken med god marginal. I luften kontrasterade varelsens vita buk skarpt mot den grå himlen.

Demeter flämtade till vid djurets atletiska förmåga.

Mister Alwyn svor tyst för sig själv.

Arbetarna sparkade i marken och svor också.

Demeter sade till slut: "Ni hade rätt, det var trots allt en han."

Mister Alwyn slog frustrerat hatten mot sitt lår. "Jag förstår nu varför de kallas springbockar."

Men Demeter brydde sig inte om det längre. Varelsen hade seglat utom synhåll. Djuret hon var ansvarig för. Hur i hela friden hade någon lyckats fånga den från första början om de kunde hoppa omkring så där?

Mer än så. Hur i himmelens namn skulle hon förklara denna katastrof för prinsregenten?

KAPITEL 3

Det var inte första gången överstelöjtnant i reserven Lloyd Alwyn undrade om han någonsin skulle passa för ett liv utanför det militära. När han hade varit i armén hade han förstått reglerna. Det hade alla andra också gjort. Det fanns en viss logik i det dagliga livet i tjänst som skänkte trygghet. Till exempel kunde man beordra andra att sluta springa, och de skulle sluta springa.

Omedelbart.

Dessvärre hade morgonens händelser visat hur diametralt motsatt det civila livet kunde vara. Rakt framför ögonen på honom hade gårdsdrängarna och stallpojkarna inte fäst något avseende vid hans order över huvud taget.

Faktum var att de verkade ha njutit av kaoset, vilket bara förbryllade honom ännu mer. De hade kapitalt misslyckats med att fånga in springbocken, och ändå stod de nu och skrattade på sin egen bekostnad och firade sin oduglighet.

Förstod de inte-

Han hejdade sina tankar. Han var på väg att i tanken

tillrättavisa männen för att de inte förstod hur viktig spring-bocken var. Men det fanns ju inget sätt för dem att veta det.

Inom armén skulle det inte ha spelat någon roll om man inte visste varför man blev ombedd att göra något (eller upphöra med att göra detsamma). Det enda som spelade roll var att någon högre upp i befälskedjan hade bestämt det, vilket innebar att alla under dem utförde ordern.

Sådana enkla regler skapade visshet och ordning. Det var vad han hade behövt efter sin romantiska besvikelse. Inte för att han någonsin skulle erkänna att han hade rymt till armén för att en kvinna hade avvisat honom. Gud bevars.

Nej. Livet var helt enkelt bättre med ordning.

Till och med när det var kaotiskt på slagfältet fanns det fortfarande ordning.

Han vände sig mot kvinnan som, till hans stora förvå-ning, inte hade brutit ihop i ett hysteriskt anfall. "Miss Mellingham, innan de högljudda pojkarna når oss borde vi se till den andra springbocken."

Hennes mun formade det mest distraherande bedårande 'o' innan hon sa: "Finns det en till? I så fall, låt oss göra just det."

Vilken behaglig kvinna, tänkte han.

När de tittade till det andra djuret såg de att det var ungefär lika stort som det andra, men det hade smalare, tunnare horn.

Miss Mellingham sa: "Låt oss göra om en sele till ledtyglar."

"Utmärkt idé", instämde han genast. Om detta djur hoppade högt som sin vän, borde den som höll i tyglarna kunna hålla det säkert på marken.

De försäkrade sig om att hinden var säkert instängd och

gick sedan tillsammans till stallet i jakt på utrustning att använda.

Miss Mellingham satte händerna i sidorna medan hon såg sig omkring. "Jag vill inte oroa er, mister Alwyn, men prinsregenten planerar ett besök för att se till sina två skyddslingar. Jag har redan förlorat en; jag tänker inte släppa nästa ur sikte."

Prinsregenten?

Här?

Dags att fokusera! Han började beordra de återvändande stalldrängarna att hitta de minsta spännena och de tunnaste läderremmarna. Den här gången lyssnade de faktiskt på honom och satte genast igång. Inom en timme hade de en sele de kunde fästa runt den kvarvarande springbocken för att hindra henne från att bocka sig fri.

Nu gällde det bara att få på anordningen på det skygga djuret utan att det hoppade upp i skyn.

Miss Mellingham sträckte fram handflatorna för att ta remmarna. "Jag tror det är bäst om jag går in i vagnen med springbocken ... eller springbockshinden ... och sätter på selen."

En av pojkarna avbröt, blek i ansiktet av oro. "Fröken, jag tycker att en av oss borde göra det. Ni kan skada er."

Miss Mellingham andades långsamt in och spärrade upp ögonen. Det påminde Lloyd om hur en katt burrar upp sig för att se större ut.

Med låg röst sa hon: "Med tanke på hur ni skrämde iväg den andra, anser jag att jag är bäst lämpad för denna uppgift."

Lloyd var tvungen att pressa ihop läpparna för att hålla tillbaka ett skratt. Pojkarna och männen backade och visade största respekt. Han skulle inte ha något emot lite av den respekten själv.

Medan miss Mellingham gick mot vagnen vände han sig till arbetarna och sa: "Hörni grabbar," det var förvånansvärt hur hans 'kommendantröst' fick dem att lyssna uppmärksamt. "Vi kommer att få ett förnämt besök i juli. Det ger oss inte tid att käbbla. De här stallen måste vara skinande rena, inte ett halmstrå på sniskan innan dess."

Männen bara stod där och tittade på honom.

"Sätt igång då!", sa han.

De vände sig om på klacken och gick in i spiltorna för att mocka. Nåja, de spiltorna skulle knappt hålla sig rena i en timme, än mindre ytterligare en månad eller så, men åtminstone gjorde de något.

Den yngste stallpojken vände sig om mot honom och sa: "Vem är det som kommer, mister Alwyn?"

Ifrågasätta en order? Om den här pojken hade betett sig så på halvön skulle han ha blivit avskedad på fläcken.

Men de var inte i armén nu, och det verkade som om folk behövde en anledning för att göra som de blev tillsagda.

Nåväl.

"Ingen mindre än prinsregenten själv, som kommer på besök för att inspektera framstegen för de två springbockar som levererades hit idag. Inte nog med att dessa stall måste vara fläckfria, prinsen kommer att märka att en av dem är borta. Den första personen som för hem bocken välbehållen kommer att få tillstånd att träffa prinsen själv."

En chockad tystnad följde.

Sedan brast männen ut i okontrollerbart skratt. Deras framstönade kommentarer flöt samman.

"Vilket skämt!"

"Komma hit?"

"Prinsregenten!?"

En annan röst hördes. Det var miss Mellingham som kom in i stallet igen, med en skygg springbock i selen de hade gjort. "Var snälla och sänk rösterna, ni kommer att skrämma henne."

Som en man tystnade de. Varelsens smala ben skrapade mot stengolvet. Hennes långa öron vickade fram och tillbaka. Miss Mellingham höll fram lite mjukt gräs. Hinden ryckte åt sig några späda strån och tuggade sedan energiskt.

Än en gång verkade hon ha fullständig kontroll över de andra. Var i hela friden hade hon lärt sig det?

Männen satte igång med att städa stallen igen. Senaste tidens händelser talade för att springbocken sannolikt inte skulle hållas inne av de axelhöga träväggarna. Men när de stora ladugårdsdörrarna stängdes var Lloyd tämligen säker på att den inte skulle rymma.

Om inte varelsen kunde hoppa genom taket.

En av pojkarna knuffade till den bredvid honom med armbågen och ropade: "Åh, fröken? Visste ni att prinsregenten skulle komma på besök?"

Miss Mellingham fäste springbockens sele vid en krok på väggen och stängde in djuret. Sedan vände hon sig mot dem och sa: "Det gjorde jag. Min far skrev just det i sitt senaste brev till mig. Jag informerade sedan deras nåder om nyheten. Jag skickade ett meddelande tillbaka till min far, så sent som i morse, och bad om mer information. Bocken och hinden är gåvor från Hans Höghet, och han kommer personligen för att inspektera deras framsteg."

Färgen rann ur deras ansikten när hon återgav detta. Återigen var Lloyd tvungen att pressa ihop läpparna för att hålla skrattet stången. De hade inte trott honom när han sagt det bara ett ögonblick tidigare. Några stränga ord från henne, och de såg ut att vara på vippen att svimma!

Lyckligtvis svimmade de inte. Istället sa en av arbetarna: "Då föreslår jag att vi gör det här stället ... öh ..." han såg på Lloyd, "Skinande rent. Är det rätt?"

Lloyd nickade och fann sig själv leende åt miss Mellinghams förmåga att hålla dessa oduglingar i schack. Han kunde lära sig så mycket av henne.

Om han skulle vara helt ärlig mot sig själv behövde han även lära sig av sitt tidigare misstag och inte söla när det gällde romantik.

KAPITEL 4

Ännu en dag, ännu en tung, grå himmel full av regn. Demeter befann sig i fruktträdgården och insåg att det var en dum plats att vara på om hon ville hålla sig torr. Träden gav inte skydd som den stadiga gamla eken nära infartsgrinden, vilken gav skydd i både sol och regn.

Grenarna var så nedtyngda av vatten att varje rörelse skapade en extra dusch över hennes huvud.

Hon inspekterade grenarna och letade efter de avslöjande blommorna som borde sträcka sig mot solen. Ack, grenarna hade bara löv; inga blommor och ingen knoppande frukt.

Trädgårdspersonalen skulle veta bättre än hon, men hon var säker på att små äpplen och päron borde synas nu. De borde allt skynda på om de skulle hinna bli klara för en höstskörd.

När hon tog med sig kvistarna tillbaka till stallet var hon extra försiktig då hon öppnade den lilla sidodörren. Inga plötsliga rörelser, givetvis. Det skulle skrämma hästarna lika mycket som hennes unga skyddsling. Hon såg också till att inte öppna dörren för mycket, ifall varelsen skulle vara på rymmen. I samma ögonblick som hon klämde sig igenom såg hon till att dörren stängdes ordentligt bakom henne.

Stallpersonalen var här i stort antal, städade och sorterade. Hon var inte förvånad över att se så många härinne; det var torrt och varmt i stallet, till skillnad från att arbeta ute på gårdsplanen.

Hinden stod på vakt i sin inhägnad; med spetsade öron och ryckande nos. Demeter tyckte synd om den vackra varelsen. "Ja, lilla vän, det är väldigt konstigt och annorlunda."

Hon höll fram de gröna bladen och hinden vädrade i luften. Den verkade inte hungrig. Det fanns en bunt färskt torrfoder i väggkorgen, så den skulle inte svälta.

Vad åt egentligen dessa varelser?

En vindby föregick ett nytt skyfall av regn som landade på taket. Mister Alwyn var också i stallet. Han steg fram till boxen och sa: "Du borde gå till köket och värma dig. Du kommer inte kunna se efter henne om du blir förkyld."

Vilken omtänksam man.

En stalldräng kom fram och frågade: "Är det något mer ni behöver, fröken?"

"Ja, jag behöver någon som stannar här över natten, ifall hon skulle kalla på sin vän som är där ute någonstans." För säkerhets skull tillade hon: "Den stackars varelsen."

Stallkarlen accepterade hennes milda tillrättavisning och sa: "Självklart, fröken. Det är oftast några av oss på loftet", sa han och pekade på entresolen där halmbalar låg staplade i prydliga högar. "Jag ska se till att jag är en av dem."

"Tack", sa hon, tacksam över att hinden inte skulle lämnas ensam. Även med andra hästar härinne som sällskap var de enorma i jämförelse och kunde skrämma hinden. "Jag undrar om jag borde ha en tältsäng hos henne, så att jag kan stanna över natten och hålla henne sällskap?"

"Jag kan stanna där inne hos henne hela natten, fröken, om ni behöver. Jag är van vid att sova enkelt. Ni borde stanna i stora huset i en riktig säng. Jag låter inget hända henne. Det ska jag se till."

Mister Alwyn inflikade med ett: "Bra pojke".

Pojken lyste upp hela ladan med sitt leende och sa: "Alla kallar mig 'Roberts'."

Lättnad fyllde Demeter över hans entusiasm att ha blivit utvald. Då mullrade det högljutt från hennes mage.

Mister Alwyn frågade: "Har du ätit något alls idag?"

Nu när hon tänkte efter hade hon inte det. Från det ögonblick hon vaknat i morse hade hon inte tänkt på något annat än springbockshinden och hur de skulle få bocken att återvända till henne.

Mister Alwyn ledde henne ut ur stallet. Promenaden till köket var ett plaskande företag. Demeters fötter värkte av kyla när vatten sipprade in genom sömmarna på hennes stövlar. Mister Alwyn gick förbi henne och hade köksdörren öppen när hon nådde den. Vilken omtänksam man.

I samma ögonblick som de båda var inne stängde han dörren ordentligt och antydde att hon borde ta den närmaste platsen vid ugnarna. Doften av nybakat bröd fick hennes humör att skjuta i höjden. Hennes mage frambringade en ny omgång ljud. Hettan steg upp i ansiktet av förlägenhet över hur aggressiva de lät.

Mister Alwyn sa: "Nytt bröd med lite ost och relish kommer snart att få dig på fötter."

Det hängde en stor mängd jackor och sjalar från grytkrokarna, vilket gjorde luften kvav av fukt. Det var inte vad

Demeter hade förväntat sig, att se så många klädesplagg här. Det tog henne några minuter att förstå varför köket även fungerade som tvättstuga. Med så mycket regn skulle kläder på linorna komma tillbaka blötare än de var när de hängts ut.

Grytorna var staplade i torn på ett närliggande kortbord. De tunna bordsbenen under all tyngd från köksredskapen påminde henne om springbockshindens form, en stor kropp på pinn-tunna ben.

Det var så skönt och varmt här inne. Hennes utsläppta hår lockade sig när hon tog av sig sjalen om halsen. När hon hängde sjalen på krokarna ovanför ugnen landade vattendroppar på de heta plattorna med dramatiska fräsningar.

Pigan kom in och frågade om de behövde te. Demeter och mister Alwyn svarade ja i samma ögonblick.

"Jag ska skriva till min far igen", sa hon till mister Alwyn. "Nu när hinden är säkert inhyst i stallet. Kanske kan hon kalla på sin vän och han kommer att svara henne, och deras ..." Hon stannade upp och samlade tankarna. "Vilket läte gör egentligen en springbock?"

Mister Alwyn blinkade och såg förvirrad ut för ett ögonblick. "Jag har inte den blekaste aning!"

När pigan återvände med te och lite matvaror bad Demeter om ett skrivset så att hon kunde uppdatera sin far om framstegen. Inte förrän igår morse hade hon gett ett brev till paret Rosstrevor för att skicka vidare till sin far. Hon skulle skriva ett till idag. Det fanns ingen tid att vänta på ett svar. Det kunde ta flera veckor!

"Käraste Far, skyddslingarna har anlänt. De är ett par springbockar. De är i utmärkt skick."

Det var liten mening med att berätta för honom att en redan hade rymt. Hon hoppades få tillbaka den innan prinsen anlände. Då skulle ingen någonsin behöva få veta.

"Snälla berätta allt du vet om deras vård och utfodring. De är från Kapkolonin och måste känna av kylan. Ladan här är varm och torr, och välförsedd. Prinsregenten kommer att bli förtjust över att veta att de är i utmärkt vård. När anländer han?"

Det borde räcka. Ingen idé att skriva en lång epistel när det skulle anlända så snart efter hennes senaste brev. Som hon kände sin far kunde han ta god tid på sig att formulera ett svar, som garanterat skulle vara kort och sakna detaljer. Om han bara hade låtit mor svara.

KAPITEL 5

D örrarna till Rosstrevors arbetsrum stod på vid gavel, så Demeter gick in och sa med sjungande röst: "Knack, knack."

David Rosstrevor, markisen av Caernarfonshire, lutade sig tillbaka i en stol med ett brett leende på läpparna. Hans nya markisinna och hans mor var djupt försjunkna i några papper.

Alla tre såg upp när Demeter kom in.

Markisen log brett och frågade: "Hur mår din exotiska lilla varelse i ladugården?"

"Hon mår bra och har nafsat i sig lite av höet. Hon verkar inte vilja dricka än. Jag plockade också några löv från äppelträden, men hon rörde dem inte – åtminstone inte medan jag såg på. Kanske behöver hon få vara ifred för att äta?"

Markisen suckade och frågade: "Växte det några äpplen på träden?"

"Jag såg inga. Jag såg dock till att grenen jag tog var kal.

Mister Alwyn är ute just nu och undersöker frukt-trädgården."

Rosstrevor nickade och sa: "Jag ska gå och ta en titt själv på momangen." Sedan fyllde han på sin tekopp.

Kanske "på momangen" betydde något annat i Wales? Bäst att inte bli distraherad, hon var här på ett uppdrag. "Jag kom för att se om det fanns några brev till mig idag, ers nåd och mina damer?"

Markisen tittade på de två damerna och höjde ett ögonbryn. Kvinnorna gjorde sorgsna miner och skakade på huvudet.

"Är ni alldeles säkra på att det inte finns något till mig? Det verkar ligga ganska många brev på bordet."

Markisinnan reste sig från sin plats bakom skrivbordet. "Jag är ledsen att vi inte har fler nyheter. Särskilt som din far säger att prinsregenten kommer på besök. Vi väntar själva med spänning på svaret på ert brev. Eftersom vi bara skickade det igår kan det dröja två veckor innan det når Bath. Vi hör kanske inte från honom förrän i juni. Vi överlämnar varje brev som kommer till dig."

Även om Demeter inte ville tro det, litade hon på markisinnans ord. Hennes läppar darrade vid tanken på att kapten Tenby kanske aldrig skulle höra av sig.

Som om hon läste hennes tankar sa markisinnan: "Jag kan tänka mig att vädret gör alla nedstämda."

Om det bara vore vädret skulle hon kanske inte vara så melankolisk. "Jag har ett nytt brev till min far. Jag vill hålla honom underrättad om springbockarna."

Markisinnan lade en lugnande hand på Demeters axel när hon tog emot det erbjudna brevet. "Vi ska skicka det vidare när de här går iväg", sa hon och lade det i högen på bordet.

Sedan fortsatte den rara kvinnan att vara alldeles underbar och vänlig mot Demeter. "Jag förstår att du kan känna dig ensam här utan en uppgift. Skulle du vilja hjälpa änkemarkisinnan och mig med middagsplaneringen? Vi skulle behöva lite hjälp."

Innan hon visste ordet av satt hon vid deras arbetsbord, djupt engagerad i att reda ut vem som skulle sitta bredvid vem. De skulle hålla en middag för alla i trakten. Anledningen var inte helt klar, men det verkade inte spela någon roll. Middagen gav dem något att se fram emot, och samtalsämnet skulle utan tvekan bli prinsregenten.

Markisen reste sig och kysste sin fru ömt på kinden, sa sedan något på walesiska till hennes mage och lämnade rummet. Demeter räknade i tysthet ut att "på momangen" betydde om ungefär fem minuter.

Änkemarkisinnan frågade: "Nå, min kära, var skulle du vilja sitta?"

"Ah", en känsla av obehag smög sig på Demeter. "Varför skulle jag sitta vid middagsbordet? Känner jag någon av gästerna?"

Lika obesvärat som om hon skulle ha sagt: "Nu regnar det igen", sa änkemarkisinnan: "Du är singel, du kanske träffar en lämplig herre och har något gemensamt. Den här är lantmätare, han är upp och ner längs Menaisundet och undersöker den bästa platsen att bygga en bro till ön Anglesey. Han skulle vara intressant om du ville veta mer om byggnadskonst och sådant." Sedan plockade hon upp ett annat namnkort och sa: "Den här är förvaltare för ett närliggande gods med får och korn."

Verkligheten sköljde över Demeter och hon sa: "Middagen är till för att presentera folk ... i uppvaktningssyfte?"

Änkemarkisinnan nickade. "Att ha ett syfte i livet är djupt tillfredsställande. Att veta att jag hjälper människor med deras framtida liv känns ganska underbart. Det är hög tid att vi hittar en kavaljer åt dig."

"Men", Demeter kämpade emot lusten att fly från rummet. "Som ni vet är jag upptagen. Kapten Tenby kommer att skicka efter mig så snart jag svarar på hans brev. Han måste ha skrivit till mig, kanske till radhuset i London – det skulle förklara förseningen!" Medan hon sa orden önskade hon att de var sanna.

Inte undra på att inget hade anlänt till henne här ute på landet. Han hade ingen aning om var hon befann sig, och personalen i radhuset skulle vidarebefordra allt till Bath, vilket troligen skulle ta flera veckor, och sedan skulle hennes far ... förmodligen förstöra allt från Tenby.

Markisinnan gned sig försiktigt över magen och lutade sig tillbaka en aning. "Det är ingen skada skedd i att komma på middag och jämna ut antalet män och kvinnor vid bordet. Din far bad oss att ta hand om dig tills dina systrars säsonger var över. Att närvara vid en middag är vårt sätt att ta hand om dig. Det är förresten underbart att ha dig här. Det är ingen svårighet att ha ytterligare en förtjusande person i huset. Jag är bara ledsen att vädret inte har varit vänligare mot dig. Jag har hört att det är en vacker del av världen när solen skiner."

Demeter tog några andetag medan hon febrilt sökte efter en anledning att tacka nej till middagen.

Änkemarkisinnan sa: "Om Tenby var här skulle ni båda

vara bjudna. Det är inte som att du skulle vara otrogen genom att närvara.”

Demeter ville faktiskt gå, om så bara för att ha något att se fram emot. Att delta i en kväll med underhållning, på värdfolkets inbjudan, skulle knappast orsaka en skandal.

”Du stackars lilla vän”, sa änkemarkisinnan, sköt ifrån sig stolen och reste sig. ”Du behöver en ordentlig kram och en villig lyssnare. Råkars sig så att jag kan ge dig både och.”

Omsluten av kvinnans varma armar brast en snyftning fram. ”Tänk om något har hänt honom och han behöver min hjälp?”

Änkemarkisinnans omfamning var en balsam av vänlighet. ”Sådärja, sådärja, låt det komma ut.”

”Jag saknar honom så mycket. Jag vet inte var han är, men hans situation måste vara svår om han inte har hört av sig.”

”Ja, naturligtvis”, sa änkemarkisinnan. ”Känner du till James Howells skrifter? 'Avstånd gör ibland vänskapen kärare, och frånvaro förgyller den.' Jag saknar min man fruktansvärt.”

Demeter ryggade tillbaka i chock. ”Ber ni mig att glömma kaptenen?”

Den rara damens hand for upp till bröstbenet. ”Herregud, nej. Lika lite som jag någonsin kommer att glömma min älskade Gareth. Våra omständigheter är mycket olika, men att tråna efter en man som inte kan återvända är inte helt olikt att tråna efter en som inte vill.”

Det blev för mycket för Demeter. ”Ni kan inte säga att kapten Tenby inte kommer tillbaka.”

Änkemarkisinnan ryckte på axlarna och suckade mjukt. ”Det har gått flera månader. Om han verkligen hade för avsikt att gifta sig med dig, hade han funnit ett sätt vid det här laget."

Sveket sved. Bara för några ögonblick sedan trodde Demeter att hon hade funnit vänner som verkligen förstod hennes förtvivlan.

Hon var tvungen att gå innan hon sa något oförlåtligt. Hon nöjde sig med: "Jag måste se till springbockshinden."

KAPITEL 6

I stallet blev Demeter alltmer rastlös. Vårhinden verkade må bra, men hon var fortfarande inte intresserad av att dricka något. Åtminstone inte med vittnen närvarande.

Demeter kupade händerna och fyllde dem med vatten och förde dem nära hindens läppar. Den skygga varelsen nosade på hennes händer men var i övrigt ointresserad.

"Du måste dricka", sa hon. "Jag vet att det är blött överallt, men du måste få i dig vatten, annars torkar du ut."

En vänlig, välbekant röst hördes i ladan. "Hon verkar frisk, om än lite skygg."

Hon vände sig om och fick se mr Alwyn i dörröppningen, med en tunn sele i händerna.

En känsla av lätthet fyllde henne vid åsynen av hans vänliga ansikte. "Goddag, mister Alwyn."

Han höll upp selen. "Jag har gjort några justeringar. Jag tänkte att jag skulle ta med henne på en promenad och se om hennes partner är där ute någonstans."

Varför hade hon inte tänkt på det? "Det är en klok idé.

Skulle det vara ... jag menar, jag skulle inte vara i vägen, men skulle jag kunna, äh ...?"

"Vill du följa med oss?"

En värme spred sig i henne. "Tack, ja." Med lite tur kanske regnet skulle hålla uppe ett tag. "Kanske borde vi ta med en andra sele? Vi kan behöva den om bocken kommer tillbaka."

"Det var klokt tänkt. Vi är verkligen lyckligt lottade som har ditt klara huvud", sa han.

Komplimangen värmde henne ända ut i tårna.

Några ögonblick senare, med hinden säkert i sin sele, promenerade de längs huvudvägen in mot staden.

Mr Alwyn sa: "Det är synd att vädret är så dåligt under ert besök."

"Besök?", sa Demeter utan att riktigt tänka. "Är det vad folk säger att jag gör här?"

Han hostade i handen och sa: "Jag har ingen rätt att fråga. Jag antog bara att det var därför du var här. Men det angår inte mig i vilket fall som helst."

"Jag borde inte ha varit så kort i tonen", sa Demeter och kände sig skyldig över hur snabbt hon hade svarat. "Vädret har gjort det här värre än det borde ha varit. Jag skickades hit medan mina systrar försöker hitta makar. Jag är persona non grata och måste vara ur vägen. Jag är här för att lära mig att tänka innan jag agerar, eftersom mina tidigare handlingar har dragit stor skam över familjen. Skandaliserar det dig, mister Alwyn?"

Han småskrattade och hans kinder rodnade. "Lite grann, faktiskt. Mitt problem är att jag inte agerar tillräckligt snabbt!"

"Men du var ju i armén. Kräver inte det att man tänker snabbt?"

"Jo, visst, men på ett annat sätt."

De gick vidare och mötte folk längs vägen som ville stanna och prata om det ovanliga djuret.

Mrs Williams blev mycket förvånad och frågade dem: "Är det därför prinsen är på besök?"

Demeter utbrast: "Ryktet sprider sig sannerligen snabbt här i trakten."

"Verkligen", sa mrs Williams. "Hela Bangor är i ett virrvarr av spänning för att få veta mer. Hälften säger att det måste vara en skröna. Men den andra hälften säger att det måste vara sant eftersom prinsen skickade ett husdjur till dig att ta hand om. Nu när jag har sett djuret med egna ögon vet jag att det är på riktigt. Om djuret är på riktigt är den enda person som skulle kunna skicka ett sådant djur hit förmodligen prinsregenten. Han måste väl vara på väg att besöka oss trots allt?"

Mister Alwyn sa: "Vi har ännu inte bekräftat detaljerna, men så fort vi vet något kommer vi att låta alla andra få veta det också."

Alla tre nickade instämmande. Mrs Williams sa: "Jag har hört att det fanns två av dem, och att handjuret har hoppat till friheten."

Mister Alwyn skrattade åt det. "Det går inte att lura dig, mrs Williams. Det har han verkligen. Vi hoppas att den här hinden kan få korn på honom. Om ni hör konstiga ljud över fälten kan det vara de två som ropar på varandra."

Mrs Williams önskade dem lycka till med att hitta bocken. "Njut av er promenad nu när regnet har slutat."

Regnet hade upphört. Så märkligt att Demeter inte hade

lagt märke till det. I stället hade hon varit så koncentrerad på att promenera med hinden att hon hade hållit sitt fokus på djuret i stället för på himlen. Det avslappnade samtalet med mister Alwyn hade också varit en välkommen distraktion.

Lloyd Alwyn hade hört en del av skvallret om miss Mellingham, men inte fäst någon större vikt vid det. Men det verkade stämma att hon hade blivit bortskickad i någon form av vanära. Längtade hennes hjärta efter någon annan? Det kunde mycket väl vara fallet.

Var ärlig mot dig själv. Du söker hennes sällskap.

En välbekant känsla av tidigare misslyckanden gnagde i honom. Han hade varit för långsam i sin ungdom och missat sin chans med en dam som hade fångat hans hjärta. Han hade väntat på rätt ögonblick att säga något, men när han väl samlat mod hade hennes familj redan ombesörjt lysningen.

Om de fortsatte att gå längs vägen skulle de bli distraherade av människor de mötte. Han skulle ha färre chanser att prata med miss Mellingham och de skulle också ha mycket mindre sannolikhet att stöta på vårbocken.

"Varför tar vi inte med henne ner mot Menai?", sa han. "Vid stränderna finns det gott om buskar och klipputsprång där ett rådjur skulle kunna gömma sig."

"Bra idé", sa Demeter och log sedan snett. "Och det kanske hindrar oss från att stöta på fler mrs Williams."

Han småskrattade åt det finurliga skämtet. Utan tvekan var mrs Williams fullt upptagen med att berätta för alla att hon hade sett vårhinden och de två.

Vårhinden travade på sina spinkiga ben genom undervegetationen och blev knappt blöt om benen i det långa, dyblöta gräset.

Hans stövlar däremot blev genomblöta, liksom nederkanten på hans långbyxor. Demeters klänningsfåll var också mörk av lera och fukt. Åtminstone var de bara blöta om fötterna, vilket var så mycket bättre än vanligt.

Vinden blåste mjukt i deras ansikten, vilket gjorde det lättare att se vad som fanns framför dem.

Hinden hoppade plötsligt till på stället och utstötte sedan ett bisarrt rop. Till hans förvåning behöll Demeter lugnet och höll också sin ände av selens remmar stadigt i sina handskbeklädda händer.

Klok kvinna.

Demeter sa sedan med mjuk röst: "Vad är det, lilla vän?"

Hinden utstötte ett nytt kvävt rop, som för Lloyd lät som en korsning mellan en get och en katt. Innan han hann uttrycka sin förvåning ropade hinden igen och studsade framåt och drog Demeter med sig.

Demeter höll jämna steg så gott hon kunde. Lloyd jagade efter dem båda. Till hennes förtjänst höll hon sitt grepp stadigt om remmarna och släppte inte taget. Hinden försökte hoppa framåt, men selen och Demeter höll henne stadigt. Efter ytterligare en halv minuts kamp och springande stannade hinden.

Demeter, andfådd och flåsande, vände sig mot Lloyd och log brett.

Det slog gnistor i hans huvud vid en så fängslande syn.

Hon sa: "Såg du honom?"

"Såg vad?"

"Bocken!"

Åh, jösses. Han hade varit för upptagen med att titta på Demeter när hon höll jämna steg med hinden. Mycket riktigt, bara några meter framför dem stod bocken.

Den ropade till hinden i ett öronbedövande svar.

Demeter skrattade åt att de hade lyckats spåra upp honom.

Lloyds knän blev som gelé när han insåg hur hejdlöst han höll på att falla för denna fängslande unga kvinna.

KAPITEL 7

L loyd stannade tvärt när hans blick mötte springbockshanens över gräset. Tidigare träning tog över, den träning han fått när han assisterat vid en jakt. Tack vare en otrolig tur befann de sig i lä om sitt byte, så hanen hade inte känt lukten av dem när de närmade sig. Men nu när de kunde se varandra önskade han innerligt att han hade haft några goda jakthundar till hjälp i situationen.

De jagade dock inte för födans skull, och hundarna skulle bli förfärligt förvirrade av att inte få fälla sitt byte.

Varje nerv i hans kropp manade miss Mellingham att vara tyst. Till hans förtjusning och förvåning visste hon instinktivt att hon inte skulle säga något. Kanske hade hon i smyg deltagit i en jakt under tidigare säsonger? Ingen chans att fråga rakt ut.

Istället sänkte hon sig ner mot marken och lossade tillräckligt på ledlinorna för att låta springbockshonan ta några steg framåt.

Han följde hennes exempel och satte sig ner i det fuktiga gräset. Han kunde inte längre se bocken, men honans bakdel darrade och for nervöst omkring på marken. Hennes svans viftade fram och tillbaka i en väldig fart.

.När han vände på huvudet mot miss Mellingham lade han märke till att hon återigen lättade på sitt grepp om linorna och gav honan längre löpa så att hon kunde komma närmare bocken.

Han log brett och hoppades att hon kunde se hur imponerad han var av henne. Hon fick honan närmare, men hade fortfarande full kontroll och lät linorna löpa mellan händerna, där den ena handen alltid höll ett stadigt grepp. Änden på linorna fanns någonstans under hennes bak. Så länge hon satt kvar där kunde honan inte komma långt.

Det var svårt att se honan nu, eftersom det höga gräset skymde större delen av hennes kropp.

Plötsligt hoppade bocken upp i luften i en graciös men ändå underlig rörelse. Dess fötter var instoppade under kroppen som om den ... ja, som om den visade upp sig.

Hetta brände i hans nacke när insikten slog honom. Bocken visade högst troligt upp sig för honan. Vilket ögonblick som helst skulle miss Mellingham få se något absolut opassande för en dam!

Om de rörde sig från sitt gömställe kunde bocken komma undan.

Varelsen struttade och stegade, synlig högt över det långa gräset i korta ögonblick innan den landade igen.

Till hans förvåning började honan gå tillbaka mot miss Mellingham, och hon kände i sin tur skillnaden i linornas spänning och började hala in henne.

Hon vände sig mot Lloyd och viskade: "Låt oss gå tillbaka."

Tyst och stadigt, för att inte skrämma honan, reste de sig

upp bakom gräset och började gå tillbaka mot stallet. Med jämna mellanrum kastade han en blick bakåt för att se att honan följde med fogligt. Vilken klok kvinna miss Mellingham var, som hade byggt upp ett sådant förtroende med honan på så kort tid.

Hon höll rösten låg och frågade: "Är bocken fortfarande bakom oss?"

"Det är den absolut", bekräftade han.

Vid ett tillfälle hamnade bocken längre efter, men han hoppades att om de höll en jämn takt skulle honan leda bocken hem.

Miss Mellingham sade: "Mister Alwyn, om ni skyndar er till stallet före oss och öppnar några av dörrarna. Jag kan leda in honan och bocken kanske följer efter."

Bländande smart kvinna, tänkte han. "Då stänger vi dörrarna bakom honom."

"Precis. Det gläder mig att ni kan läsa mina tankar", sade hon.

Lloyd var tacksam över att hon inte kunde läsa hans.

Det var inte säkert att det skulle fungera, och bocken kanske skulle bli skrämd och springa iväg igen, men när Demeter ledde in springbockshonan i den nästan tomma ladan, bortsett från några hästar som stod tryggt i sina spiltor, kunde hon inte låta bli att känna att den svåraste delen av att locka hem bocken var avklarad. Om han blev skrämd och sprang iväg skulle han åtminstone fortfarande veta var honan fanns, och kunde möjligen lockas hem.

"Duktig flicka", kuttrade hon när hon tog honan tillbaka

till hennes inhägnad och erbjöd henne en äppelgren. Utan att spilla någon tid band hon fast linorna i stolpen och lämnade honan ensam. Den lilla dörren stod på glänt, och hon smet ut den vägen. I sista stund sneglade hon tillbaka och såg bocken stå i den öppna dörröppningen, vädrande i luften, med öronen vickande fram och tillbaka.

Ute fann Demeter att resten av stallpersonalen väntade på henne – och på instruktioner.

"Ni måste vara otroligt tysta. Låt bocken vandra in och hitta honan, och stäng sedan långsamt dörrarna. Inga plötsliga rörelser, är det förstått?"

De nickade eller sade lågt: "Ja, fröken."

Mr Alwyn strålade mot henne och sade: "Ni är en född ledare."

Det var en underlig men ändå välkommen komplimang som värmde Demeter med tillfredsställelse. "Tack, men vi är inte i hamn än."

Varje minut kändes som en timme när de höll sig tillbaka, väntade och iakttog bocken som nervöst gick fram och tillbaka i dörröppningen, utan att varken gå in eller springa iväg. Till sist tog han några steg in. Männen väntade fortfarande med att stänga dörrarna. De hade lyssnat på hennes instruktioner och skrämde inte bort djuret.

Så uppfriskande med folk som lyssnade på henne!

Flera spända minuter senare rörde sig bocken rakt in i ladan och männen bildade en mur av kroppar när de stängde dörrarna och fångade in bocken.

Mister Alwyn höll upp den tunna selen som var avsedd för bocken, om de skulle få tillfälle. "Jag borde ge er den här. Ni har störst chans av oss alla att få den på honom."

Hon nickade, tog den lätta selen och tog sig tillbaka in i

ladan genom den lilla dörren. Mr Alwyn följde efter henne och säkrade dörren bakom dem.

De fann bocken i omedelbar närhet av honan. Till Demeters förlägenhet och chock besteg bocken honan.

Mr Alwyn sade: "Åh, herregud."

Demeter insåg att det var ett tillfälle. "Snabbt, medan han är distraherad."

De arbetade tyst som ett team, smög upp på varsin sida om den brunstiga bocken och lirkade selen under honom. Han försökte komma undan, men Demeter höll hans horn i sidled mot sin kropp, och mr Alwyn fäste snabbt spännena.

Då fick Demeter syn på något hon verkligen inte borde ha sett på springbockens buk och kände hur hela hennes kropp stod i lågor.

Hon kunde inte sluta stirra på utskottet.

KAPITEL 8

25 maj 1816
Bangor Hall,

Högt ärade herre,
Med största respekt presenterar jag mig, överstelöjtnant (p.) Lloyd Alwyn. Jag har blivit bekant med Er dotter, Demeter, och önskar, med Ert tillstånd, uppvakta henne.

Jag hänvisar till markisen av Caernarfonshire som referens, då jag är i hans tjänst.

Högaktningsfullt,
Alwyn.

Lloyd förseglade brevet med vax och gav betjänten ett mynt för besväret. Det återstod fortfarande frågan om fröken Mellinghams hjärta och huruvida det tillhörde någon annan. Om så var fallet var det ingen mening med att fortsätta.

Turen måste väl ändå vara på hans sida den här gången? Annars skulle han överväga att ta värvning igen. Det pågick säkert ett krig någonstans ...

En sådan känsla av att ha lyckats strömmade genom Demeter efter att hon hämtat vårkalvsbocken. Hon älskade att återberätta historien för alla som stod stilla i en halv minut. Hon utelämnade delen om hur bocken blivit kärlekskrank med hinden i samma stund som de kommit in i spiltorna. Den delen av berättelsen var helt enkelt för mycket!

Markisinnan sa till henne: "Det är så ljuvligt att se dig le igen, min kära. Du har fört med dig en liten solstråle till vår dystra del av världen."

Demeter tillbringade gladeligen en eftermiddag med att hjälpa änkemarkisinnan med menyer och bordsplaceringar.

Änkemarkisinnan suckade när hon såg på de tillgängliga förråden. "Vi hade hoppats på mer frukt, men det bästa vi kan få tag på är rabarber. Vad passar bra med rabarber?"

"Vanligtvis äpplen", sa Demeter, "fast de är inte mogna än. Plommon, kanske? Honung? Nej, vänta, palsternackor, men bakade i honung."

"Geni!" Änkemarkisinnan omfamnade henne i en fast kram. "Jag är evigt tacksam för att du är här och hjälper min virriga hjärna!"

Demeter tittade på änkemarkisinnan och undrade om kvinnan verkligen var så gammal som hon gjorde sken av. Hon såg sannerligen mycket yngre ut än hennes kära mor. Vilket ledde hennes tankar in på en välbekant tankebana. "Har vi fått några brev från mina föräldrar?"

"Inte ett enda", sa änkemarkisinnan, mer intresserad av att byta plats på namnbrickor på ett ark med tänkta bord. "Och vi har inte hört något från hovet heller. Jag börjar undra om er far kan ha uttryckt sig oklart?"

Möjligt, men så hade vårkalvsbocken och hinden anlänt. Vem annan än prinsregenten kunde de vara från?

"Kanske skickade min far hit djuren som ett sätt att ge mig ansvar. Han sa att jag var tvungen att bevisa mig själv innan han skulle låta mig återvända hem."

De grubblade tillsammans och läste hennes fars sista brev igen, i ett försök att matcha det de visste säkert med det han hade skrivit. Hade de helt feltolkat hans meddelande? Det faktum att djuren och priset endast nämndes mot det absoluta slutet fick Demeter att undra om de hade läst in alldeles för mycket i hans notis.

"En sak är säker", sa Demeter. "Middagen kommer definitivt att bli av, och en utbytt ingrediens till desserten kommer knappast att rädda den. Vad mer har vi?"

Änkemarkisinnan suckade och sa: "Massor av fisk, färsk från Menai."

De fnissade båda lite åt bristen på variation. "Vilka örter har du?"

"Gott om dem. Jag funderade på att göra persilje- och potatissoppa som en rätt, och en annan med fänkålsknoppar, delade i fyra, kokta i mjölk. Men vi har mer fisk och jag vill inte kombinera dem, för då blir det färre rätter."

Planeringen pågick i flera lyckliga timmar, då ljuset från fönstren blev så svagt att de behövde tända ljus.

När klockan slog fyra vände sig änkemarkisinnan mot Demeter och sa: "Jag måste gratulera dig. Tre timmars middagsplanering och du har inte frågat en enda gång efter din frånvarande kapten."

Det överraskade henne. "Herregud, verkligen?"

"Verkligen. Du frågade inte heller efter någon korrespondens vid frukosten. Är det möjligt att ditt hjärta håller på att läka från förlusten?"

"Tja, jag menar. Det är bara det att, ah, jag har roat mig så mycket att jag ..." Hon lät tanken rinna ut i sanden. "Betyder det att jag inte älskar honom längre? Är jag så ombytlig?"

Hennes blick gled till bordsplaceringarna där hon fick syn på Alwyns namn.

Änkemarkisinnans blick följde hennes. "Kan det vara så att en ny hjälte har stigit in på scenen?"

Hettan rusade upp längs Demeters hals vid upptäckten.

KAPITEL 9

1 juni 1816

O m någon lade märke till den bristande variationen bland rätterna under middagen var det ingen som nämnde det – eller åtminstone inte inom Demeters hörhåll.

Vid bordets huvudända satt paret Rosstrevor tillsammans och såg avspända och lyckliga ut. Alla skulle ha förstått om lady Amelia inte hade närvarat. Hon blev skandalöst stor och fortsatte ändå att visa sig offentligt. Inte för att Demeter hade någon större aning om sådana saker. Hon mindes hur stora fåren hade blivit på familjens sommarställe, och hur de glatt hade knallat runt trots att de var bredare än de var höga. Sedan var det katterna som bodde i ladan och som fortfarande fångade möss och råttor även när magarna skrapade i marken.

En röst bakom henne hördes plötsligt: "Fröken Mellingham?"

Kära nån, hon hade missat allt mannen bredvid henne hade sagt före de sista två orden. Skuldkänslor fick henne att tappa andan ett ögonblick, innan hon snabbt samlade sig. "Jag ber så hemskt mycket om ursäkt, jag uppfattade inte frågan."

"Det gör inget", sade mannen. Han var baronen av Abergavenny. Demeter visste vem han var redan innan de hade blivit formellt presenterade. Hon hade placerat hans och hans nya baronessas namn vid bordsplaceringen. Han var nygift och utgjorde därför ingen fara för Demeter när det gällde att knyta några band. Hans hustru var markisinnans faster och var här för att stanna så länge som det behövdes.

Abergavenny sade: "Alwyn här säger att ni tjusade det vilda djuret att följa efter er in i ladan. Berätta!"

En välkommen rysning av stolthet fick Demeters läppar att dra sig uppåt. Så härligt att vara känd som någon som kunde tjusa exotiska djur, snarare än den dumma flickan som ruinerade sin familj.

"Det var en ganska trevlig upplevelse", svarade Demeter och njöt av att återberätta historien för en ny publik. "Vi hade turen att vara i lä för springbocken, så vi var mycket närmare än väntat när vi fick ögonkontakt."

Detta höll på att bli en mer avspänd middag än Demeter hade förväntat sig. Det verkade som om reglerna om att tala med sin bordsgranne till vänster under en rätt och till höger under en annan inte längre gällde. Inom några ögonblick besvarade hon vänliga frågor från vänster och höger, och till och med diagonalt. Innan hon visste ordet av hade Demeter halva bordets förtjusta uppmärksamhet. Det kändes naturligt att dela berättandet med mr Alwyn. Han hade ju varit till stor hjälp med att rädda djuret.

Alwyn tillförde spänning till berättelsen. Alla visste att de hade fångat djuret, men sättet han återgav händelserna på försatte Demeter och resten av sällskapet i hänryckning.

Alwyn sade: "Ni skulle ha sett fröken Mellingham, en sann Diana i jakten. Alltid ett steg före sitt byte."

Berömmet gav henne en mild applåd från alla i närheten.

Baronessan av Abergavenny frågade: "När kan jag få se dessa fantastiska varelser?"

Demeter såg upp mot bordets huvudända och lade märke till att värdparet hade smugit iväg. "Jag är säker på att paret Rosstrevor inte har något emot om vi går och tittar på djuren nu."

Alwyn utsträckte inbjudan till resten av gästerna, eftersom flera andra ville se springbockarna.

Med halva hushållet i släptåg tog de sig den mestadels torra vägen till stallet. Vattenfyllda gropar var fortfarande ett problem. Mr Alwyn höll vakt vid ladugårdsdörren för att se till att bocken inte skulle försöka rymma igen, medan Demeter ledde folk till skyddet där bocken och hinden stod fastselade.

Folk trängdes runt omkring och gav ifrån sig låga "ååh"- och "ahh"-ljud, som anstod sådana späda varelser. Som om de var under en förtrollning av djurens egen kraft, förblev alla tysta och vördnadsfulla.

Viskande frågor började snart flöda: "Vad äter de?" och "Kan de dra en vagn?"

En annan favorit var "Fryser de?", vilket alla var överens om förmodligen var självklart, eftersom de verkade skälva.

"Var kommer de ifrån?" följdes snart av "Kan man äta dem?", varpå Demeter flämtade till och sade: "Absolut inte!"

Demeter fann nöje i att ge svar – där hon kunde – men

blev sedan helt svarslös när baronen frågade: "När kommer prinsregenten?"

KAPITEL 10

25 juni 1816
Bangor Hall
Norra Wales

K äraste pappa,

Jag kan knappt förstå min förändrade situation, och att det har gått så snabbt. Tack vare vårhjortens och hindens ankomst från prinsregenten befinner jag mig nu i centrum för den lokala uppmärksamheten. Frukta inte, far, det är glada budskap som främlingar kommer med, inte fördömanden för några upplevda oförrätter.

Detta skulle faktiskt kunna vända opinionen till vår familjs fördel. Du och mamma måste komma och hälsa på – det är tydligen sommar nu och jag hoppas verkligen att solen kan bryta igenom. Gräset växer, men inte mycket annat ser ut att vilja göra det. Allt som behöver en blomma för att ge frukt har sannerligen misslyckats totalt. Jag saknar verkligen aprikoser! Vi kokar palsternackor med honung och låtsas att de är frukt. Att blanda dem med rabarber hjälper, till viss del. Så jag håller på om skördar nu för tiden! Jag har blivit riktigt lantlig.

Paret Rosstrevor har skickat en förfrågan till prinsregenten för att *undersöka när han kan tänkas besöka oss här, för att se till sina djur. Än så länge har vi inte hört något svar. Djuren är vid god hälsa, även om de inte verkar dricka, vilket är helt otroligt. För att se till att de inte dör av törst har jag instruerat stalldrängarna att doppa äppelgrenarna i vatten innan de lägger in dem i spiltan. Det tjocka, gröna gräset är alltid blött, så det finns ingen risk att de torkar ut.*

Det påminner mig om talesättet: "Man kan leda en häst till vattnet, men man kan inte tvinga den att dricka." Lägg till vårhjortar till det talesättet också, för de visar inget som helst intresse för sitt dryckestråg.

Hur mår mamma, och hur går det för mina systrar under deras säsong? Jag ber dagligen om goda nyheter, om så bara för mammas nervers (och dina, i andra hand) skull.

Din Demeter

P.S. Om ni har möjlighet att komma, skulle det vara till stort besvär att ta med lite frukt? Vi kan inte få tag på någon för allt guld i Småland, och jag tänkte att eftersom Bath är en så mycket större stad, kanske det finns någon där?

Demeter bredde smör på flera rostade brödskivor och åt dem med en skvätt te. Om någon post hade anlänt till henne hade hon inte tid att fråga efter den, än mindre läsa den. Folk höll redan på att anlända till stallarna för att se de underliga och ovanliga djuren.

Mister Alwyn mötte henne vid stalldörrarna och tillsammans hälsade de på besökarna som myllrade omkring. Mister Alwyn sa: "Vi har satt upp en skylt vid grinden om att besöken inte börjar förrän klockan åtta, men de har kommit tidigt av egen vilja."

Demeter gjorde en snabb räkning och kom fram till

tjugotre personer. De skulle inte alla få plats i stallet på en gång. Ytterligare en grupp besökare kom gående uppför den långa infarten för att ansluta sig till dem.

"Kanske borde vi skapa biljetter, med tilldelade tider på dem, så att vårhjortarna inte blir överväldigade?"

Mister Alwyn nickade och sa: "God idé", innan han vände sig mot de samlade besökarna. "Tack för att ni har kommit. Nåväl, dessa vackra varelser är skygga och vi vill inte skrämma eller skada dem. Fröken Mellingham kommer att ta in fem personer i taget för att se dem och —"

De samlade besökarna trängde sig fram för att komma närmare Demeter och den låga dörren. "Var försiktiga!" bönföll hon dem. "Det finns gott om tid för alla om bara alla har tålamod."

En av besökarna sa: "Jag har rest ända från Conwy." En annan sa: "Jag har väntat i en timme!" En annan surmulen man sa: "Jag ägnade gårdagen åt att resa hela vägen från Holyhead och fastnade nästan i The Swellies på vägen över."

Panik gjorde det svårt att andas. Berättelserna de kom med, avstånden de hade rest! De var förståeligt nog trötta och otåliga.

"Ta ut djuren så att vi alla kan se dem", ropade en kvinna.

Demeter sa: "Vi kan inte, de kommer att rymma och hoppa över häcken."

"Hoppa över häcken?" klagade den misstrogne mannen från Holyhead. "Har de fjädrar i stället för ben eller något?"

"I stort sett. Det är möjligen så de har fått sina namn. Nåväl", la hon till med extra kraft i rösten, "alla måste vara lugna. Jag kommer först att välja de fem tystaste personerna och ta in dem."

I ögonvrån såg hon mister Alwyn stråla av stolthet.

Hon var tvungen att medge att hon kände sig ganska nöjd med sig själv i den stunden, men åsynen av hans gillande fick hjärtat att slå en volt.

Folksamlingen tystnade vid detta krav och slutade käbbla. Mannen från Holyhead tog av sig hatten och böjde vördnadsfullt sitt huvud. Bra, han kunde vara förnuftig. Inte för att hon hade någon aning om var Holyhead låg – det kunde lika gärna ligga söder om London såvitt hon visste – men han verkade uppriktigt ångerfull.

Hon valde ut fem personer, inklusive mannen från Holyhead, ledde in dem i det tysta stallet och stängde bestämt dörren bakom sig.

KAPITEL 11

L loyd behärskade sina drag när han räckte tjänaren ett mynt och tog emot brevet. Så fort han var säker på att ingen såg honom öppnade han meddelandet.

Penrose House
Bath
10 juni
Käre herr Alwyn,
Vilken nyhet det är att bli ombedd om tillåtelse före en skandal, istället för om förlåtelse efteråt. Se detta som min tillåtelse att uppvakta Demeter, men hennes mor och jag skulle vilja närvara vid bröllopet, om ett sådant skulle bli av.
Högaktningsfullt,
Mellingham.

Att få ett positivt svar – och så snabbt – undanröjde alla hinder som låg i hans väg.

Nu gällde det att planera fälttåget för att vinna hennes hjärta.

Under de följande dagarna avtog inte folksamlingarna. I samarbete utarbetade Demeter och herr Alwyn ett pollettsystem – och ett tidssystem – för att få besöken att löpa smidigare och säkrare med tanke på djurens välmående.

Vid lunchtid kurrade det i Demeters mage. Dofter av nybakat bröd mötte henne när hon ledsagade ännu en grupp ut ur stallarna.

Nästa grupp besökare anlände och löste mysteriet – de hade med sig en korg med fläskpajer. En företagsam handlare och hans fru hade noterat den ökade trafiken och sålde dem från en vagn vid stora vägen.

Trött efter att ha stått upp hela morgonen, med raspig röst efter att ha talat med så många nya människor, frågade Demeter två av stallpojkarna om de kunde ta över hennes roll så att hon kunde få i sig lite mat.

En av pojkarna log brett när han accepterade sin nya post. "Om ni är hungrig, fröken, så finns det fläskpajer vid huvudgrinden, och musslor nere vid bryggan."

Det vattnades i munnen på henne vid tanken. Hon vände sig till herr Alwyn och sa: "Du förtjänar lite mat och vila."

"Musslor låter som en strålande idé, ge mig en minut." Han anlitade sedan några fler stallkarlar för att ta över hans roll att hålla ordning på besökarna.

Lloyd Alwyn fylldes av solsken i sinnet, trots att duggregnet fortsatte att virvla. Konceptet med matvagnar fyllde hans huvud med möjligheter. Skulle han kunna spåra upp mässkocken och locka honom att laga och sälja mat? En knepig fråga dock. Det måste vara något som folk kunde äta med händerna. Han började undra hur folk skulle kunna äta musslor utan att kladda ner sina kläder. När han fällde upp kragen mot vätan började han undra om de borde sälja paraplyer också.

Musselförsäljaren vid bryggan hade löst problemet med servis – de använde små metallskålar som påminde honom om militärens matsalar. Dofterna mötte dem långt innan de anslöt sig till den redan etablerade kön av hungriga människor. Han noterade i tysthet att paret Rosstrevor kanske skulle kunna låta kökspersonalen sälja crempogs också. De var alltid så omtyckta, och ... åh, men det var ont om sylt, så de skulle behöva vara naturella. Han glömde sig helt och insåg att paret Rosstrevor förmodligen borde undvika allt som hade med handel att göra. Det betydde dock inte att personalen inte kunde tjäna lite extra vid sidan av.

Kön rörde sig framåt och till sist fick han och Demeter betala för och motta varsin skål med musslor. Duggregnet spelade inte så stor roll, då de stod under en ek som erbjöd lite skydd.

Skaldjur kunde vara knepigt för den oinvigde, men sättet Demeter finkänsligt bröt av det övre skalet och åt musslan med ett delikat slurpande gjorde underliga saker med honom.

Bäst att koncentrera sig på sin egen mat, då hans mage kurrade i förväntan.

De åt kamratligt tillsammans, avslutade snart sin måltid och drack upp den återstående buljongen, fyllig med purjolök och örter.

"Herregud, jag skulle kunna äta en till skål på en gång", sa Demeter.

"Du skulle passa perfekt i armén", sa Lloyd. Varför i hela friden han hade sagt det förbryllade honom.

Demeter log brett, med en liten grön örtflisa mellan tänderna. "Jag hoppas det var en komplimang!"

Han snubblade nästan över sin egen tunga i sin iver. "Ja, självklart", sa han. "Ah, och det är också en liten, ah, grön..."

En viftning med fingret mot sina egna tänder borde hjälpa henne att hitta den.

Hon hittade den. "Så förargligt. Förstörde det perfekta ögonblicket", sa hon medan hon vände sig bort och tog bort den.

Lloyd, som desperat ville undvika att titta och göra stunden mer pinsam än nödvändigt, vände på sin egen skål för att se om det fanns några tillverkarmärken på botten.

"Det var som sjutton!" utbrast han. "De här är faktiskt från arméns överskottslager! Jag trodde att jag inbillade mig."

I så fall borde han verkligen få tag på den gamle armékocken, för någon höll redan på att tränga sig in på en lukrativ liten marknad. Han log åt sitt eget skämt.

När Demeter vände sig om igen, sträckte han fram handen för att ta hennes skål och skal och lämna tillbaka dem till försäljaren.

Kön var längre än förut, då folk kom gående ner från stallarna och fler besökare anlände till bryggan från andra sidan sundet. Det kunde vara en välsignelse för alla berörda att tillgodose så många kunder.

Han räckte skålarna till en kvinna som rörde i en stor gryta och hon nickade tacksamt när hon fick tillbaka dem. Lloyd sa: "De var utsökta, tack för en ytterst förträfflig måltid!"

Kvinnan rodnade en aning och sa: "Jag rör bara i grytan, den ni vill tacka är på väg hit just nu med mer musslor."

Mycket riktigt kom en man, bara något år yngre än han själv, gående upp från bryggan med en låda musslor, så färska att saltvattnet fortfarande droppade från dem.

"Jag tror inte mina ögon", sa Lloyd när han såg hans ansikte.

Mannen satte ner sin låda och rätade på ryggen och gjorde en hälsning till Lloyd. "Korpral Alwyn, Sir!"

"Vilken otrolig tur. Jag tänkte just att detta företag skulle vara perfekt för dig. Och lika säkert som amen i kyrkan, här är du."

Vid den tidpunkten nådde Demeter hans sida. Hon vände sig mot mannen med musslorna, men istället för att se nöjd ut över sin läckra mat, hade hon blivit vit som sten.

En hand trycktes mot bröstbenet när hon flämtade till. "Kapten Tenby? Vad gör ni här?"

Till Lloyds förvirring lämnade kocken mussellådan, sprang raka vägen tillbaka till bryggan och hoppade sedan i en coracle.

Han paddlade ivrigt ut på vattnet, men den runda enmansbåten vägrade att låta sig skyndas på.

Vad var det för fel på karln? Alla visste att coracles krävde en varsam hand på åran, inte råstyrka! Hade mannen inte lärt sig något av Alwyns lektioner i walesiskt leverne?

KAPITEL 12

Demeter kunde inte tänka.

Alltför många förvirrande saker hände alltför snabbt.

Det var Tenby. Det var hon säker på. Tenby, vid liv och välmående och djupt involverad i mathandeln. Tenby hade känt igen henne och fått panik.

Men varför? Borde inte mannen vara glad att se henne, efter allt detta sökande?

Bara några ögonblick tidigare hade Tenby gjort honnör för mister Alwyn, så de måste ha känt varandra från tiden i armén. Om inte hennes kapten Tenby hade en tvilling som också var i tjänst?

Det var det som lät minst troligt av allt.

Precis som de ivriga besökarna till springbockarna hade prövat hennes tålamod de senaste dagarna, satte denna senaste händelse Demeters sinnelag på svårt prov.

Kanske var hennes kapten generad – och det borde han vara i detta ögonblick, med en sådan usel roddfärdighet till uppvisning. Ute på vattnet i Menaissundet fäktade kapten

Tenby, dekorerad krigshjälte, och fick sig själv att snurra i spiraler.

Han hade varit en dekorerad krigshjälte, men nu serverade han mat vid floden? Vilken nedgradering från hans tidigare status. Var det därför han var så generad? Hade ryktet om att deras giftermål inte blivit av nått ut i bygden?

Hittills hade Demeter trott att samhället bara straffade kvinnor, men kanske levde Tenby med vreden från samhällets ogillande?

När hon och mr Alwyn närmade sig bryggan snurrade hennes före detta älskare runt i vad som måste vara kväljande snäva cirklar.

Mr Alwyn frågade henne: "Varför kallade ni honom Tenby?"

Det fanns så lite utrymme för mer förvirring i Demeters sinne, men ändå hade mr Alwyn lyckats lägga till lite mer. Indignerad hetta steg upp längs hennes hals och hon sa: "Jag kallade honom Tenby, för det är hans namn."

Det förvirrade uttrycket i mr Alwyns ansikte fick en isande kyla att störta genom Demeters mage. Att vara varm och kall på samma gång bidrog till hennes totala förvirring.

Mr Alwyn skakade på huvudet och sa: "Han är kocken från tiden i armén. När antalet soldater i hans regemente minskade, tog vi in honom i vårt. Alla kände honom som Smith. Är Tenby hans förnamn?"

Skulle Demeter svimma eller kräkas? Styrkan i hennes knän vek sig och hon var tvungen att luta sig mot en påle vid bryggan för att hålla sig upprätt. "Jag känner honom som kapten Tenby, men jag börjar tro att det kan vara en lögn."

Om hans namn var en lögn, vad mer hade varit en lögn? Att han älskade henne? Att de var ämnade att gifta sig?

Under tiden snurrade mannen som så brådstörtat hade fört henne mot Gretna Green nu utom kontroll medan tidvattnet drog hans lilla båt söderut.

"Det fanns en Tenby", sa mr Alwyn. "Nu när jag tänker på det. Han dog i strid." Hans röst sjönk till strax under en viskning. "Det var många brev som skulle skrivas den dagen till soldaternas familjer."

En rörelse i ögonvrån fångade hennes uppmärksamhet när kvinnan som rörde i musselgrytan plockade upp Tenbys övergivna låda med skaldjur.

Människorna runt bryggan började ropa till mannen i båten och försökte ge honom instruktioner om hur han skulle styra bättre. En annan kastade ut ett rep till honom, men det landade långt ifrån sitt mål.

Genom sorlet sa mr Alwyn: "Han har svimmat."

"Har han vad?"

Mr Alwyn-satte fart. Blixtsnabbt släppte han sin hatt och rock och rusade sedan nerför bryggan ropandes: "Ur vägen!" I hög fart nådde han slutet av träplankorna och dök i det virvlande vattnet.

Med djärva tag simmade han med strömmen mot den medvetslöse Tenby.

Demeter tog upp hans hatt och rock från det våta gräset och bar dem medan hon joggade längs sundets strand, samtidigt som hon höll ett öga på dem och såg upp för snubbelrisker.

Med bultande hjärta bad hon för mr Alwyns styrka och kraft när han långsamt minskade avståndet till Tenbys lilla runda båt.

Fler människor började jogga längs floden och ropa uppmuntrande till mr Alwyn.

Nästan, nästan!

Alwyn sträckte sig efter båtkanten men hans arm var inte tillräckligt lång. Några simtag till och han var nästan där. Under tiden förblev Tenby omedveten om kaoset omkring honom.

En löpare nära Demeter sa något om att stoppa dem innan de nådde The Swellies, annars skulle det vara ute med dem båda.

Andfådd och med nöd och näppe hängande med, kunde Demeter inte fråga vad något av det betydde.

Mr Alwyn nådde båten och hade handen på kanten av den. Tack gode Gud att han inte längre behövde simma!

Han stänkte vatten i Tenbys ansikte för att väcka honom. Folk som sprang längs flodstranden jublade och ropade.

Mannen som hade nämnt The Swellies hade en hoprullad repstump i handen. Han sprang långt före och kom före strömmen.

Under tiden klamrade sig mr Alwyn fast vid båtens sida och använde sin långa kropp som ett släpankare för att hjälpa till att styra skinnbåten närmare flodbanken. Hennes aktning för mannen steg så högt att Demeter trodde att hon skulle svimma.

Detta var en hjältes beteende.

Så länge han levde, förstås. Det fanns redan tillräckligt med döda hjältar på slagfältet, inklusive vem den riktiga Tenby nu var.

Självklart började det regna igen.

Hon kunde stå ut med lite väta med tanke på vad mr Alwyn genomled.

Längre fram positionerade sig mannen som haft repet på en klipphäll lite längre nedströms. Han ropade på mr Alwyn för att få hans uppmärksamhet. Med hjärtat i halsgropen såg hon mannen kasta repet till mr Alwyns fria hand.

Det missade.

Förbaskat!

Blixtsnabbt drog mannen tillbaka det våta repet och försökte igen. Den här gången träffade det rätt och mr Alwyn grep tag i det med ett fast grepp.

Demeters ben vek sig och utmattningen fick henne på fall.

Lloyd var en idiot. Han hade missat sin chans – precis som han hade gjort för alla dessa år sedan. Inte nog med det, han hade dessutom räddat just den man som hotade hans framtida lycka med Demeter!

Han borde ha lämnat Smith åt hans dårskap, men något med den olycksaliga situationen fick honom att hoppa i vattnet.

Vilken förbannat usel tajming!

När han släpade den livlöse Smith till stranden, steg flera personer fram för att hjälpa till och få dem båda på fötter. Det var en stökig resa tillbaka till det stora husets stora kök, medan han skvalpade och slafsade sig fram.

Smith kvicknade till en bit på vägen tillbaka. Han hostade fram något om att han var vid liv och så tacksam. Men Lloyd brydde sig inte om tacksamhet när den innebar att han hade förlorat sin chans med Demeter.

Trots detta kunde han inte förmå sig att vara arg på någon av dem. Han hade ju aldrig riktigt fått veta om Demeter fortfarande längtade efter denna charlatan.

Hans enda hopp låg i att Demeter skulle komma till sans, men hon fick också hjälp tillbaka till det stora huset. Han höll fast vid hoppet att hon kanske hade svimmat av hans tapperhet, men det var mycket mer troligt att hon hade blivit överväldigad av att se sin älskade igen efter all denna tid.

Återigen hade han väntat för länge och förlorat.

Långt efter att spänningen lagt sig efter ett sådant tumult satt Demeter i köket och drack sött te vid elden.

Hatten och rocken som Demeter hade burit åt mr Alwyn hängde nära elden för att torka. Hans stövlar var också öppnade och uppochnervända på spishällen. Att döma av pölarna på stenarna skulle de ta ett tag att bli redo att bäras igen.

Hennes känslor stormade medan hon tog in ansiktena på dem runt omkring henne.

Uttrycket i mr Alwyns ansikte var fyllt av mild oro när han såg åt hennes håll, och rättfärdig vrede när han vände sig mot Tenby. Ånga steg från hans torkande kläder när han rättade till en filt runt sig.

Kapten Tenby hade anständigheten att se skamsen ut, men han hade möjligen också en hel del illamående att återhämta sig från, med allt det där snurrandet.

Vid samma bord satt änkemarkisinnan och smuttade på te. Detta förvånade Demeter, eftersom hon trodde att damen skulle ha mycket mer angelägna bekymmer, såsom nästa middag och sin svärdotters hälsa.

Änkan satte ner sin kopp i fatet med en bestämd duns och gjorde sig gällande. "Då går vi rakt på sak, vem är ni egentligen?" frågade hon mannen som inte kunde förmå sig att se Demeters väg.

"Mitt riktiga namn är Smith, och jag var kock för regementena."

Smith suckade men såg fortfarande inte på Demeter. "När kriget var över hade jag bara ett liv i slit att återvända till, så jag tog Tenbys namn istället. Det var ju inte som att han behövde det längre."

Det känslokalla utnyttjandet av en död mans rykte brände som syra i Demeters hals. Hon hade varit en så dålig människokännare. Värre än så, hennes far hade haft rätt! Tenby var så olämplig!

Änkan talade igen. "Jag ser ingen annan respektabel utväg ur detta än att ni gifter er med fröken Mellingham. Men om ni återgår till att heta Smith kommer ni att neka henne all ställning i samhället. Det är inte rätt att hon ska straffas för er villfarelse."

Fortfarande såg han inte på Demeter.

Detta var för mycket för henne, och hon knöt sina nävar. "Får jag säga mitt i saken?" frågade hon rummet.

Mr Alwyn och damen vände sig mot henne. Änkan sa: "För all del."

"Bra", Demeter hoppades att hennes oroliga mage inte skulle avbryta förhandlingarna. Detta var ingen förhastad dom från hennes sida; snarare den fruktansvärda insikten att ha slösat månader av känslor på en man som inte förtjänade det. "Jag önskar inte gifta mig med den mannen, oavsett om han kallar sig Tenby eller Smith. Om det innebär att jag förblir ungmö resten av mitt liv, så må det vara. Jag trodde dåraktigt på de lögner han berättade för mig, inklusive att han skulle stödja och älska mig. Men hans handlingar idag, när han övergav sina plikter vid första tecken på svårigheter, visar hur fullständigt olämplig han var och skulle vara. Vem kan säga att han inte kommer att släppa mig som en låda med våta musslor vid nästa tecken på problem?"

Att säga orden stärkte Demeters beslut att hon hellre skulle dö som gammal ungmö än att vara fjättrad vid en man utan ryggrad.

Smith talade, och denna gång tittade han nästan på Demeter. "Jag var i chock, det var allt."

Mr Alwyn fnös och sa: "Ni var inte så chockad över att se mig. Det var först när fröken Mellingham dök upp som ni vände er om och sprang. Jag tror hellre på henne än på er, alla dagar i veckan."

Något varmt vecklade ut sig inom Demeter vid mr Alwyns förklaring.

"Nå, nå", sa änkan, medan ett leende smög sig fram över hennes kinder. "Inget skällsord behövs. Smith, hur lukrativ är musselhandeln som ni nu ägnar er åt?"

Han ryckte på axlarna och sa: "Det kan gå mycket bra, förutsatt att folk fortsätter att komma för att besöka de där studsande hjortarna i stallet."

Var det ett glitter i änkans ögon? Kvinnan verkade verkligen nöjd med sig själv. "Bra", sa hon. "Springbockarna kommer att vara här inom överskådlig framtid. Jag håller på att utveckla ett företag; det involverar middagsbjudningar och kommer också att inkludera ett besök hos springbockarna för alla gäster. Jag vill ha musslor på menyn, och av vad jag hörde var era utsökta. Detta kan vara er väg till upprättelse och ett ärligt levebröd. Är ni intresserad?"

Demeter avbröt: "Är inte jag ansvarig för springbockarna? Och nu måste jag underhålla djuren för att fortsätta ett affärsföretag mellan er två?"

Änkans mjuka leende lugnade hennes oro när hon sa: "Springbockarna är centrala för detta, men det finns ingen anledning för er två att alls korsa varandras vägar. Jag kommer dock att behöva en pålitlig tillgång på mat om dessa middagar ska bli en framgång." Hon vände sin uppmärksamhet mot Smith och krävde: "Kan ni skaffa fram goda kvantiteter på ett ärligt sätt?"

Smith nickade långsamt först, sedan snabbare när hans sinne verkade komma ikapp med resten av diskussionen och hur lätt han undkom deras vrede.

"Bra", sa änkan. "Låt oss då tala om villkoren."

Under den följande stunden kände Demeter inget annat än förvirring när änkan ignorerade mr Alwyn och henne själv och talade affärer med mr Smith.

6 juli 1816

> *Käraste far,*
>
> *Du hade rätt.*
>
> *Så där, nu har jag fäst dessa ord på papper. 'Du hade rätt.'*
>
> *Kapten Tenby var fullständigt olämplig för mig. Han har äntligen anlänt, och jag har sett hans sanna natur.*
>
> *För resten av mina dagar får du säga 'vad var det jag sa', och jag ska hålla med om att du sa det, och att jag inte lyssnade.*
>
> *I efterhand är jag glad att axeln brast och att vi inte gifte oss. Jag vet att det är en värre skandal att inte gifta sig än att gifta sig med en olämplig man, men när jag har tillräckligt med papper och tid ska jag förklara allt för dig och mor.*

Under tiden drar springbockarna folk från när och fjärran, ivriga att själva se dessa majestätiska varelser. En lokal konstnär har tecknat deras avbild, vilken jag bifogar. Han har inte riktigt fångat hur tunna deras ben är. Jag tror att han är mer van vid att teckna hästar. Han bor nu i stallet så att han kan fånga deras sanna former i ett ögonblicks varsel.

Jag har en innerlig förfrågan. Jag skulle vilja stanna kvar i Bangor.

Där har du ännu en chock. Jag ber inte om detta för att vara motvalls; jag har verkligen kommit att beundra platsen och människorna. Till och med regnet! Kan du tro det? Min tidigare korrespondens var full av böner om att få komma hem, men sedan dess har jag upptäckt att detta område passar mig som hand i handske. Ungmö-livet passar mig också, och jag kommer gladeligen att leva ut mina år i detta tillstånd.

Änkemarkisinnan och jag är upptagna med att förbereda för prinsregentens eventuella besök, även om vi inte har någon bekräftelse på hans ankomstdatum, eller på hans ankomst överhuvudtaget. Ingen korrespondens har anlänt på den punkten. Har du några nyheter om detta? Det skulle i hög grad underlätta planeringen av evenemang i denna del av Wales om vi visste när vi kan förvänta oss Hans Majestät.

Din dotter,

Demeter

PS, Var snäll och framför mina bästa hälsningar till mor och mina systrar. Jag hoppas att de har återhämtat sig helt från den skam jag har dragit över familjen. Vem kunde ana att sex månaders regn och ett par springbockar skulle få mig att komma till sans?

KAPITEL 13

10 JULI 1816

R egnet öste ner igen, utan att bry sig det minsta om almanackan. Demeter drog slängkappan över huvudet när hon gick till stallet. Varje dag anlände så många människor som ville se djuren. När det duggregnade stod de ute i det fria. Vid kraftigt regn trängde de ihop sig under paraplyer eller stod under takfoten på det stora huset.

Stalldrängarna hade anpassat sig till sitt nya ansvar att hålla ordning på folk. Unge Roberts var särskilt ivrig. Tack och lov för pålitliga människor. Kanske kunde de med lite mer utbildning ta över ansvaret för besökarna? Då kunde Demeter bättre använda sin tid till att ... tja, göra vadå egentligen? Om hon inte skötte om springbockarna, vilken roll hade hon då hos familjen Rosstrevor? Att anordna middagar med änke-markisinnan hade förlorat sin tjusning nu när de skulle behöva ha att göra med Smith för att skaffa ingredienser. Tanken på att behöva se honom, om så bara helt kort, lockade inte alls.

"Jag är en ungmö nu", sa hon till sig själv, "så jag kan lika gärna bete mig som en."

När hon kom in i stallet fann hon springbockarna tryggt i sitt skydd. De hade uppenbarligen ätit stadigt, att döma av mängden spillning i halmen vid deras fötter. Vid något tillfälle skulle de behöva flytta springbockarna till en annan box så att stallpojkarna kunde gå in och mocka ur.

Det här skulle bli en särskild upplevelse för besökarna, att få hjälpa till att flytta djuren till en annan box. Demeter frågade folksamlingen: "Eftersom ni alla är så tysta och respektfulla, undrar jag om någon av er skulle kunna hjälpa till att flytta springbockarna till en annan box?"

Allas händer åkte upp i luften och hon kände en varm känsla sprida sig i bröstet.

Roberts sa genast: "Jag gör det, fröken!"

Gästerna stönade lågt av besvikelse över att ha gått miste om chansen. En av dem sträckte sig ner i fickan och tog fram ett mynt. Herregud, de var villiga att betala för att utföra en uppgift som vanligtvis var personalens.

Otroligt!

Sanden i timglaset rann ut, så hon bad gruppen att gå vidare så att fler besökare kunde få sin tur.

Mannen som hade hållit upp ett mynt frågade sedan: "Är deras gödsel till salu? Jag slår vad om att den gör underverk i köksträdgården."

Herregud, detta kändes skandalöst nära att betraktas som handel, men det var ett tillfälle som var för bra för att gå miste om. "Jag kan sälja er en säck och en av pojkarna fyller den åt er."

Mr Alwyn tog sig in i stallet.

Hettan steg henne åt kinderna som om hon suttit vid elden i köket.

Han gick fram till henne och sa: "Fröken Mellingham, jag hoppades att du skulle vara här."

Nervositeten grep tag i henne och hon var tvungen att komma på något att säga. "De behöver namn", sa hon och pekade på djuren. "Kaos och Tumult skulle kunna passa."

Mr Alwyn log brett och tillade: "Vad sägs om Panda och Monium?"

Detta fick Demeter att fnissa. "Huller och Buller?" föreslog hon.

"Åh ja, det är en fullträff", sa han.

En pinsam tystnad lade sig, vilket fick allt att kännas så mycket mer komplicerat än det behövde vara.

"Det har varit försumligt av mig", sa hon. "Jag måste tacka dig för din hjältedåd i floden. Jag är dig stort tack skyldig."

Den nuvarande gruppen besökare lämnade stallet och en ny grupp kom in.

Han harklade sig och sa: "Ska vi inte ta en promenad till grinden och sätta upp stängt-skylten? Vi kan ge Huller och Buller ledigt resten av dagen?"

Vilken lycka för djuren att få lite tid för sig själva.

"Jag skulle vara tacksam för en promenad, tack", lyckades hon få fram.

Deras steg föll i samma takt när de gick mot grinden.

En av Rosstrevors lakejer travade förbi dem på en häst med familjens post för dagen.

Brevet hon hade skrivit till sin far skulle finnas bland den. Borde hon ta tillbaka det? Hon skulle aldrig få höra slutet på hans skadeglädje. Med en grimas lät hon lakejen passera dem och vända sig mot staden, där han drev på hästen till galopp.

För sent att kalla tillbaka det nu.

"Du verkar upprörd?" sa mr Alwyn.

Hon suckade tungt och var tvungen att medge att hon var det. "Jag skrev ett förhastat brev till far och erkände, skriftligen, att han hade rätt om Tenby. Han kommer naturligtvis aldrig att låta mig glömma det."

Mr Alwyns ansikte föll och hon skyndade sig att lugna honom. "Jag är säker på att han vill mitt bästa, men jag börjar nu förstå den enorma press jag har utsatt familjen för. Vilket innebär att om han vill påminna mig om mina felsteg, så är han i sin fulla rätt. Jag gjorde verkligen något fruktansvärt. Herregud, det här hade kanske varit enklare om han hade försvunnit i floden. Inte för att jag någonsin skulle önska någon det."

Mr Alwyns röst sprack en aning när han talade. "Fröken Mellingham, jag skulle aldrig anklaga dig för det. Jag antar att du inte är pigg på att fortsätta något med honom?"

Hon utbrast: "Absolut inte pigg på det alls. Även om du var otroligt modig som räddade honom. Du har mitt tack för det, och allas."

Han stannade och vände sig mot henne. "Jag är bara ledsen att du måste uthärda hans närvaro så länge vi har besökare för springbockarnas skull."

"Jag är säker på att jag ska klara det. Några blåmärken på min själ kommer att läka med tiden."

Det ringde i Lloyds öron. Hans timing var antingen perfekt eller för sen, ännu en gång. Han var tvungen att fortsätta, annars skulle han dö av undran. "Jag borde berätta för dig", sa han med en röst som brast en aning, "jag fick ett brev från din far nyligen. Jag skulle ha pratat med dig men ... tja, vi har haft andra äventyr som har hållit oss sysselsatta."

"Du har fått ett brev, men inte jag? Så väldigt typiskt pappa. Bekräftade han när prinsregenten kommer?"

Hans hjärta slog snabbare när han såg på hennes ansikte. "Han förmedlade uttryckligen inte detta relevanta faktum. Möjligen för att jag misslyckades med att fråga honom."

Detta fick Demeter att stanna upp. "Så varför skrev du till honom överhuvudtaget om inte för att fråga det?"

Han tog hennes händer i sina. Vågor av förvirring och förväntan spred sig genom honom. "För att jag frågade om en helt annan sak. Jag frågade ... om lov att uppvakta dig."

"Åh!" sa Demeter.

"Åh?" svarade han.

Han hade snarare hoppats att hon skulle svimma eller le, men hon verkade förvirrad. Hade han inte gett henne någon antydan om sina känslor? Han hade trott att hans beröm vid den senaste middagen hade varit så översvallande att det skulle ha satt igång ryktesspridningen.

Demeter skakade på huvudet. "Ja, 'åh'. För i brevet till min far som lakejen just nu rider till staden med, skrev jag att jag ska leva ut mina dagar som en övertygad ungmö."

Kallt vatten forsade nerför hans ryggrad. "Varför skulle du skriva något sådant?"

"Tja," hon tuggade på sin underläpp. "Jag trodde att det var sant. Varför sa du ingenting till mig om dina känslor?"

Regnet föll hårdare. De sökte skydd under eken där det var något mindre fuktigt under dess breda löv.

Lloyd sa: "Jag ville berätta för dig, men vi hade så många besökare. Och du var fruktansvärt upptagen med springbockarna. Sedan anlände den där skurken Smith-Tenby. Ett tag var jag osäker på om du fortfarande hyste känslor för honom, och om så var fallet, tja, jag … kände att jag borde dra tillbaka mitt uppvaktande."

Demeter småskrattade och sa: "Vi har båda låtit vår fantasi skena iväg med oss. Det är sant, jag blev överraskad över att se Tenby efter all denna tid, men istället för att känna mig upprymd … kom jag till sans ganska abrupt. Jag tvivlade sedan på min förmåga att bedöma en persons karaktär, efter att ha haft så fel om honom. Jag var verkligen beredd att bli ungmö, tro mig, jag sa det inte bara för att framkalla en bekännelse från din sida."

Deras sammanflätade händer trycktes hårt mot varandra.

Hoppet jagade bort hans rädslor. "Jag hoppas verkligen att du inte vill vara ungmö. Eller åtminstone, inte så mycket längre?"

Hon rodnade.

Han var tvungen att ta sin chans. "Jag skulle med glädje be dig att gifta dig med mig här och nu, men jag vill inte stressa dig."

Rodnaden på hennes kinder spred sig till hennes fina öron. "Tja, om du vill fråga mig, kan du lika gärna göra det, även om –"

"– Fröken Mellingham, vill du gifta dig med mig?"

Ett leende av något underbart fyllde hennes ansikte, och Lloyd kunde ha dött och kommit till himlen. Gradvis utvecklades hennes vinnande leende till något nästan konspiratoriskt.

Demeter sa: "Jag skulle med glädje svara dig, här och nu … men … jag har bestämt mig för att inte ila."

Han kunde inte tro att hon hade upprepat hans egna ord för honom. Detta skulle bli en underbar uppvaktning. "Skulle det vara att ila att be om en kyss?"

"Inte alls", sa hon och tryckte sina läppar mot hans.

Hennes läppar var mjuka och perfekta mot hans. Hans hjärta bultade mot revbenen av glädje.

EPILOG

AUGUSTI 1816

Mary Rosstrevor, änkemarkisinnan av Caernarfonshire, njöt av sin eftermiddagspromenad längs Menaisundets stränder. Hon läste ännu ett argt brev från Demeters far och gav ifrån sig ett illmarigt fniss. Det var inte så att hon hade undanhållit all korrespondens som kommit från herr Mellingham, bara de senare, korthuggna breven som krävde att Demeter skulle ge sig av till Bath.

20 juli 1816

Demeter,

jag kan inte förstå att du fortfarande är kvar i norra Wales när du borde vara här i Bath. Fick du inte mina brev där jag meddelade att du och springbockarna behövde vara här senast den femtonde denna månad med anledning av prinsregentens besök?

Och så fortsatte det. Brevet hade anlänt alldeles för sent för att vara till någon nytta. Även om det hade levererats i tid skulle Mary inte ha gett det vidare. Eller det tidigare. Djuren, Demeter och herr Alwyn hörde hemma här, på Bangor Hall. Hennes framtida middagsbjudningar och planer på att föra samman par var beroende av att de stannade kvar.

Med några snabba rivningar förvandlade hon brevet till småbitar. Hon matade de virvlande vattnen med dem och vinkade farväl.

Mitt i ett stall såg föremålet för Lloyds tillgivenhet alltigenom belåten ut.

Han kunde inte låta bli att le brett åt hur lyckligt lottad han var som fick uppvakta henne. Demeter var en naturlig ledare; hon hälsade på och tackade folk, behövde aldrig höja rösten och såg till att allt flöt på utan problem.

Baronen av Abergavenny och hans baronessa besökte springbockarna idag och hade ordnat en privat audiens hos dem. Baronessan anmärkte: "Hinden ser mycket bättre ut. Hon måste tycka om maten, för hennes mage är så vacker och rund nu."

Medan de tittade på hinden såg Lloyd en muskel rycka till över hennes flank. Bocken blev orolig, vidgade näsborrarna och vickade på öronen.

Hinden stampade sedan med fötterna och gick bort från bocken och tryckte sig in i hörnet.

Plötsligt insåg Lloyd vad som måste vara på gång. Han sträckte sig efter bockens sele och sa: "Jag kanske bara tar honom till den andra spiltan för säkerhets skull."

När han gick iväg med bocken hörde han Demeter flämta till av chock. Ingen tid att se åt hennes håll, han var tvungen att se till att bocken inte kunde ställa till med problem, ifall hans misstankar om vad som var på väg att hända stämde.

Baronessan drog också efter andan och sa: "Jag tror hon kanske ska få en ... kalv? Eller ett föl eller en ... vad kallas deras ungar?"

Demeters röst var fylld av förundran. "Jag är inte säker. Jag har inte hittat några böcker om springbockskötsel i några bibliotek i de här trakterna."

Baronen sa: "Kanske det var därför prinsen gjorde sig av med dem, för att de förökar sig snabbt? Jag undrar hur många hon kommer att få?"

Hindens öron vickade fram och tillbaka och hon verkade plågad. Uppenbarligen ville hon bli fri från sin sele, men de vågade inte släppa ut henne eftersom hon kunde skada sig själv och ungen om hon började hoppa omkring.

Baronen lade en öm arm runt sin baronessa och sa: "Jag sa ju att vi skulle få se sevärdheter, men jag insåg inte hur snart sevärdheterna skulle komma till oss!"

De båda skrattade åt detta och såg otroligt lyckliga ut. Bra för dem, tänkte han och ville lägga sin arm om Demeter på samma sätt. Kanske borde han det. De uppvaktade ju varandra officiellt nu.

Den lilla stalldörren flög upp och skrämde alla. En jäktad kammarjungfru dök upp och sa till baronessan: "Där är ni, nådig frun frågar efter er."

Baronessan rätade på sig och ett allvarligt uttryck tog över. "Hon har väl inte börjat redan?"

Kammarjungfrun sänkte rösten och sa: "Nej, men, med förlov, hon känner sig obekväm och frågar efter er."

Baronessan gav sin man en avskedskyss och sa: "Stackars flicka, hon har fortfarande en månad kvar och är redan stor som en ladugård."

Baronessan följde kammarjungfrun ut till det stora huset,

och sedan var det bara de tre kvar. Lloyd ansträngde hjärnan för att komma på en anledning att bli av med baronen, så att han och Demeter kunde få lite tid för sig själva.

"Mer halm", sa Demeter till ingen särskild.

Lloyd hämtade extra halm och lade in den i hindens spilta. I tyst förundran såg de tre på när hinden satte ett litet liv till världen.

Till slut stapplade den lilla bruna ungen upp på sina långa ben och stod upprätt, dess blöta bruna päls i skarp kontrast till moderns vita buk.

Baronen småskrattade och sa: "Låt oss hoppas att han växer i de där öronen, annars kanske han seglar iväg i en styv kuling."

Öronen såg verkligen komiskt stora ut, men det gjorde bara ungen mer förtjusande.

Lloyd sa: "Var snäll och underrätta ers nåd om att vi nu har tre springbockar på ägorna."

Baronen nickade och gav sig av tillbaka till huset. I samma ögonblick som de var ensamma sträckte han sig efter Demeters hand och drog henne till sig. Hon log och lutade sig in i hans omfamning.

Kunde det finnas ett mer fulländat ögonblick?

"Tack för att du inte skyndar på mig, min älskade", sa Demeter.

Värme spred sig genom honom. Han upprepade hennes ord med ett småskratt. "'Min älskade', jag tycker ganska mycket om hur det låter. Jag kanske börjar säga det tillbaka till dig, då och då."

Demeter myste in sig medan hon sa: "Jag tycker verkligen om den här uppvaktningen utan brådska. Det känns som rätt tidpunkt att berätta för dig, Lloyd, att jag är kär i dig. Inte vansinnigt, förstås, eftersom det antyder en förlust av sunt förnuft. Jag är väldigt förnuftigt kär i dig, i en avmätt, rimlig bemärkelse av or—"

Lloyd kysste bort resten av hennes mening. För första gången i sitt liv var hans tajming perfekt.

12 augusti 1816

Bangor Hall

Käraste mamma och pappa,

När ni har slutat skratta på min bekostnad efter mitt förra brev, som jag ber till Gud aldrig kom fram och är förlorat för världen, har ni kanske ytterligare anledning till munterhet över min situation.

Herr Lloyd Alwyn har bett mig att gifta mig med honom, och jag har tackat ja. Ser ni, jag har mognat en hel del och jag gör saker i rätt ordning nuförtiden – vi ska inte orsaka någon som helst skandal och kommer gärna till Bath för ceremonin eller väntar tills ni kan resa till Bangor Hall. Jag hoppas att vädret blir bättre så att detta brev, och ert svar på det, inte tar riktigt lika lång tid att komma fram.

Er dotter,

Demeter

OM FÖRFATTAREN

Ebony Oaten skriver historiska kärleksromaner med garanterat lyckligt slut.

Hon är särskilt glad att hon inte levde under Regency-epoken, då hon med största sannolikhet skulle ha dött som spädbarn av astma, eller något hemskt som difteri. I det osannolika fall att hon hade överlevt till vuxen ålder, skulle hon antagligen ha blivit diskpiga eller en simpel tjänarinna, eftersom hon "pratade för mycket och inte var uppmärksam" och ADHD-diagnoser inte hade uppfunnits än.

Du hittar hennes webbplats, full av oemotståndlig Regency-romantik, på

Hon har nyligen samarbetat med Catherine Bilson för att skapa Bokhandelns Skönheter.

Bok 1 heter Estelles Eldiga Beundrare.

facebook.com/EbonyOaten